戦国姫《せんごくひめ》

—今川《いまがわ》・武田《たけだ》・北条《ほうじょう》三国同盟《さんごくどうめい》の姫君《ひめぎみ》たち—

藤咲《ふじさき》あゆな・著
マルイノ・絵

集英社みらい文庫

はじめに　――今川《いまがわ》・武田《たけだ》・北条《ほうじょう》による三国同盟《さんごくどうめい》とは？――

戦国時代《せんごくじだい》、駿河《するが》、甲斐《かい》、相模《さがみ》の三国《さんごく》による世《よ》にも稀《まれ》な軍事同盟《ぐんじどうめい》が誕生《たんじょう》しました。

この同盟《どうめい》は、駿河《するが》の今川《いまがわ》は尾張《おわり》の織田《おだ》、甲斐《かい》の武田《たけだ》は越後《えちご》の上杉《うえすぎ》、相模《さがみ》の北条《ほうじょう》は関東《かんとう》の諸勢力《しょせいりょく》との戦《たたか》いに集中《しゅうちゅう》するため、背後《はいご》の憂《うれ》いを除《のぞ》くことを目的《もくてき》としたものです。

駿河《するが》、甲斐《かい》、相模《さがみ》はそれぞれ国境《くにざかい》を接《せっ》する隣国同士《りんごくどうし》。戦争《せんそう》というものは、世界中《せかいじゅう》どこでも隣《とな》り合《あ》う国同士《くにどうし》が領土拡大《りょうどかくだい》を狙《ねら》ってぶつかる例《れい》が多《おお》く、戦国時代《せんごくじだい》の日本《にほん》も同《おな》じことでした。敵同士《てきどうし》だった国《くに》と国《くに》が同盟《どうめい》を結《むす》ぶ場合《ばあい》、簡単《かんたん》に裏切《うらぎ》られたり破《やぶ》られたりしないよう、それぞれの子《こ》ども同士《どうし》を結婚《けっこん》させ、絆《きずな》を固《かた》くする必要《ひつよう》があり、その例《れい》にもれず、この三国《さんごく》も互《たが》いの娘《むすめ》や息子《むすこ》を結婚《けっこん》させ、婚姻関係《こんいんかんけい》で結《むす》ばれることになったのです。

天文《てんぶん》21年《ねん》（1552年《ねん》）、武田義信《たけだよしのぶ》（甲斐《かい》）と嶺松院《れいしょういん》（駿河《するが》）が結婚《けっこん》。
天文《てんぶん》23年《ねん》（1554年《ねん》）、北条氏政《ほうじょううじまさ》（相模《さがみ》）と黄梅院《おうばいいん》（甲斐《かい》）が結婚《けっこん》。

天文《てんぶん》23年《ねん》（1554年《ねん》）、今川氏真《いまがわうじざね》（駿河《するが》）と早川殿《はやかわどの》（相模《さがみ》）が結婚《けっこん》。

こうして成立《せいりつ》した「三国同盟《さんごくどうめい》」ですが、実《じつ》は決《き》まった呼《よ》び方《かた》がありません。「日米和親《にちべいわしん》条約《じょうやく》」などと同《おな》じで、自国《じこく》を表《あらわ》す文字《もじ》が先《さき》に来《く》る法則《ほうそく》だからです。ですので、作中《さくちゅう》では「駿甲相《すんこうそう》」、「甲相駿《こうそうすん》」、「相駿甲《そうすんこう》」と、それぞれの立場《たちば》を基準《きじゅん》に違《ちが》った表記《ひょうき》になっています（※本書《ほんしょ》ではわかりやすく時計回《とけいまわ》りにしました）。

姫《ひめ》たちは政略結婚《せいりゃくけっこん》ながらも、それぞれ子《こ》をもうけ、しあわせな時間《じかん》を過《す》ごしますが、長《なが》くは続《つづ》きませんでした。「桶狭間《おけはざま》の戦《たたか》い」で今川義元《いまがわよしもと》が織田信長《おだのぶなが》に討《う》たれたのをきっかけに、武田信玄《たけだしんげん》が海運《かいうん》を得《え》ることを目的《もくてき》に駿河《するが》への侵攻《しんこう》を考《かんが》えるようになり、三国同盟《さんごくどうめい》はやがて崩壊《ほうかい》してしまうからです。

〝政略結婚《せいりゃくけっこん》の悲劇《ひげき》〟と言《い》ってしまえばそれまでですが、そこには姫《ひめ》たちそれぞれの別《わか》れや涙《なみだ》があります。彼女《かのじょ》たちがどのように夫《おっと》を愛《あい》し、その愛《あい》を貫《つらぬ》いたのか――。

戦国《せんごく》という嵐《あらし》の中《なか》で懸命《けんめい》に咲《さ》いた三者三様《さんしゃさんよう》の〝花《はな》〟の色《いろ》を、どうぞお楽《たの》しみください。

藤咲《ふじさき》あゆな

戦国姫《せんごくひめ》 ―今川《いまがわ》・武田《たけだ》・北条《ほうじょう》三国同盟《さんごくどうめい》の姫君《ひめぎみ》たち―

目次《もくじ》

戦国姫《せんごくひめ》

—今川《いまがわ》・武田《たけだ》・北条《ほうじょう》三国同盟《さんごくどうめい》の姫君《ひめぎみ》たち—

当時《とうじ》の国名《こくめい》マップ

現在《げんざい》の
都府県名《とふけんめい》
だよ。
北《きた》
西《にし》
東《ひがし》
南《みなみ》
青森県《あおもりけん》
秋田県《あきたけん》
岩手県《いわてけん》
山形県《やまがたけん》
宮城県《みやぎけん》
新潟県《にいがたけん》
石川県《いしかわけん》
富山県《とやまけん》
福島県《ふくしまけん》
島根県《しまねけん》
鳥取県《とっとりけん》
福井県《ふくいけん》
群馬県《ぐんまけん》
栃木県《とちぎけん》
山口県《やまぐちけん》
岡山県《おかやまけん》
京都府《きょうとふ》
岐阜県《ぎふけん》
長野県《ながのけん》
埼玉県《さいたまけん》
茨城県《いばらきけん》
広島県《ひろしまけん》
兵庫県《ひょうごけん》
滋賀県《しがけん》
山梨県《やまなしけん》
東京都《とうきょうと》
佐賀県《さがけん》
福岡県《ふくおかけん》
香川県《かがわけん》
大阪府《おおさかふ》
奈良県《ならけん》
愛知県《あいちけん》
神奈川県《かながわけん》
長崎県《ながさきけん》
愛媛県《えひめけん》
千葉県《ちばけん》
大分県《おおいたけん》
徳島県《とくしまけん》
三重県《みえけん》
静岡県《しずおかけん》
高知県《こうちけん》
熊本県《くまもとけん》
和歌山県《わかやまけん》
宮崎県《みやざきけん》
鹿児島県《かごしまけん》

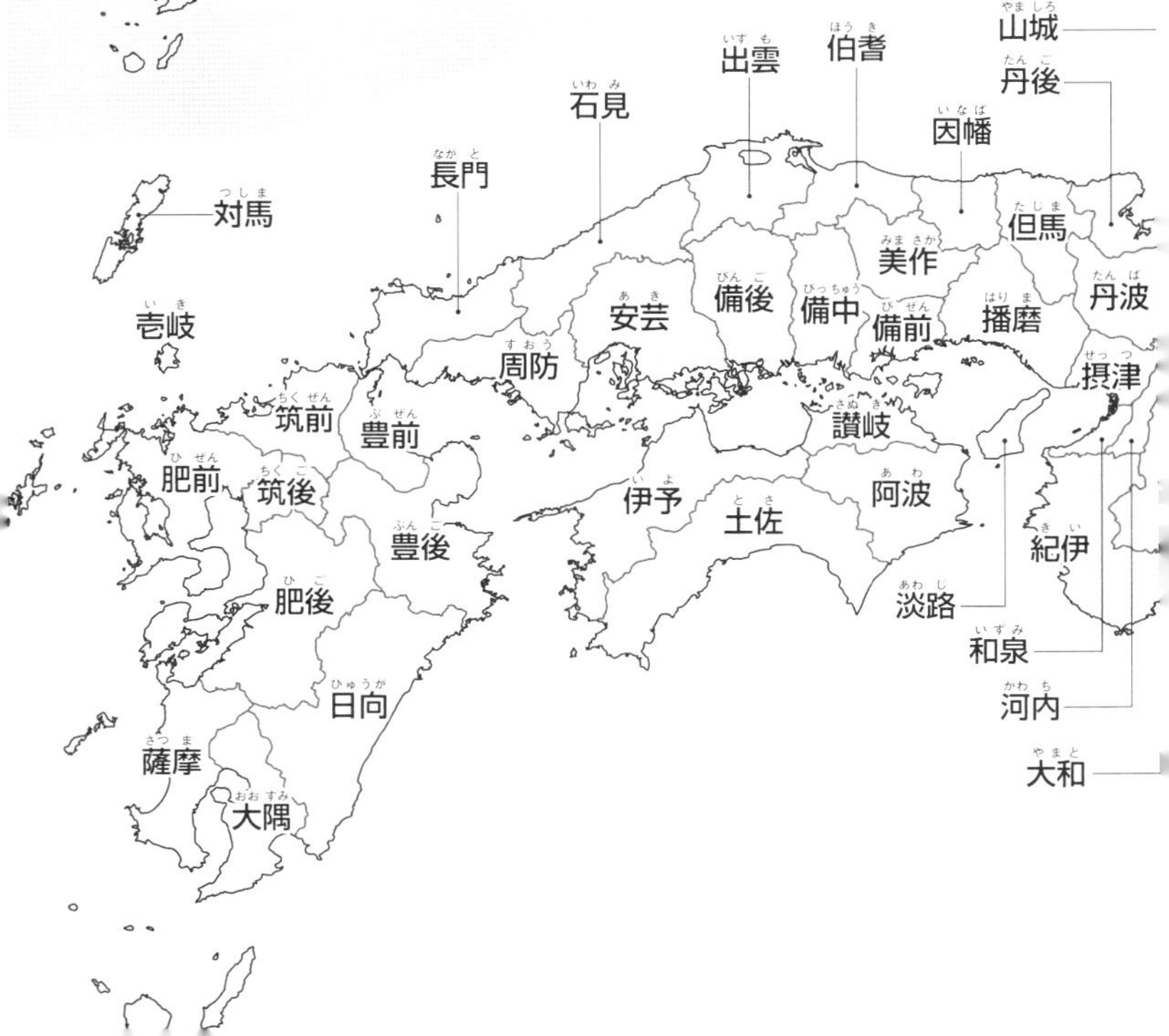
山城《やましろ》
丹後《たんご》
伯耆《ほうき》
出雲《いずも》
石見《いわみ》
因幡《いなば》
長門《ながと》
対馬《つしま》
但馬《たじま》
美作《みまさか》
丹波《たんば》
備後《びんご》
備中《びっちゅう》
安芸《あき》
備前《びぜん》
播磨《はりま》
壱岐《いき》
周防《すおう》
摂津《せっつ》
筑前《ちくぜん》
豊前《ぶぜん》
讃岐《さぬき》
肥前《ひぜん》
筑後《ちくご》
伊予《いよ》
土佐《とさ》
阿波《あわ》
豊後《ぶんご》
紀伊《きい》
肥後《ひご》
淡路《あわじ》
和泉《いずみ》
日向《ひゅうが》
河内《かわち》
薩摩《さつま》
大和《やまと》
大隅《おおすみ》

歴史《れきし》には諸説《しょせつ》ありますが、
このシリーズでは主《おも》に通説《つうせつ》に基《もと》づき、
物語《ものがたり》を構成《こうせい》しています。

駿河《するが》の今川《いまがわ》から甲斐《かい》の武田《たけだ》へ嫁《とつ》いだ姫《ひめ》

嶺松院《れいしょういん》

——海道一《かいどういち》の弓取《ゆみと》りと称《たた》えられた
大大名《だいだいみょう》・今川義元《いまがわよしもと》の長女《ちょうじょ》——

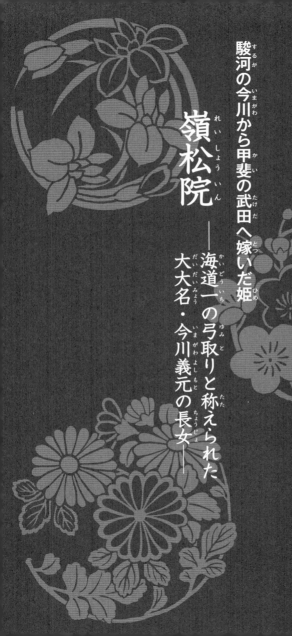

嶺松院《れいしょういん》（15??～1612）

1550年《ねん》（天文《てんぶん》19年《ねん》）	母《はは》・定恵院《じょうけいいん》、死去《しきょ》
1552年《ねん》（天文《てんぶん》21年《ねん》）	武田義信《たけだよしのぶ》と結婚《けっこん》
1554年《ねん》（天文《てんぶん》23年《ねん》）	甲相駿三国同盟成立《こうそうすんさんごくどうめいせいりつ》
1561年《ねん》（永禄《えいろく》4年《ねん》）	第《だい》四次《じ》川中島《かわなかじま》の戦《たたか》い
1565年《ねん》（永禄《えいろく》8年《ねん》）	夫《おっと》・義信《よしのぶ》が廃嫡《はいちゃく》される
1567年《ねん》（永禄《えいろく》10年《ねん》）	夫《おっと》・義信《よしのぶ》、死去《しきょ》。駿河《するが》へ戻《もど》される
1612年《ねん》（慶長《けいちょう》17年《ねん》）	江戸《えど》にて死去《しきょ》

戦国姫《せんごくひめ》「嶺松院《れいしょういん》」関係図《かんけいず》

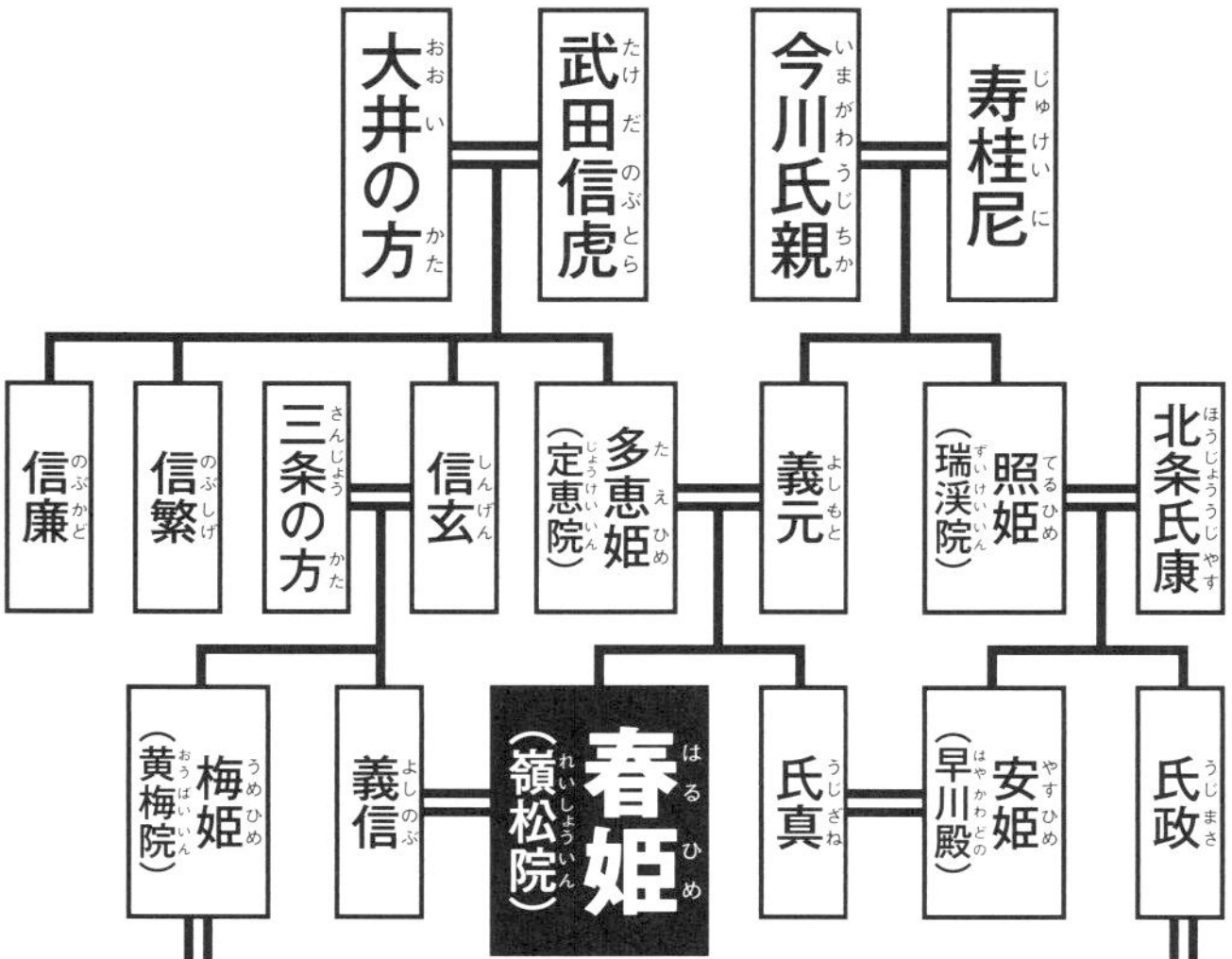

1 母《はは》の死《し》——天文《てんぶん》19年《ねん》（1550年《ねん》）——

日本一《にほんいち》の富士《ふじ》を仰《あお》ぐ駿河国《するがのくに》——。

天文《てんぶん》19年《ねん》（1550年）夏《なつ》、駿府《すんぷ》の今川館《いまがわやかた》に武田《たけだ》の家臣《かしん》・駒井高白斎《こまいこうはくさい》が訪《おとず》れていました。

高白斎《こうはくさい》の目的《もくてき》は、駿河《するが》・遠江《とおとうみ》・三河《みかわ》の三国《さんごく》を治《おさ》める太守《たいしゅ》・今川義元《いまがわよしもと》の正室《せいしつ》・多恵姫《たえひめ》のお見舞《みま》いです。多恵《たえ》の弟《おとうと》で甲斐《かい》の国主《こくしゅ》・武田晴信《たけだはるのぶ》（のちの信玄《しんげん》）の代《か》わりに、高白斎《こうはくさい》が駿府《すんぷ》まで来《き》たのでした。

「甲斐《かい》から、わざわざ……来《き》てくれたのに……私《わたし》はもう……長《なが》くありません……」

病床《びょうしょう》の多恵《たえ》は顔色《かおいろ》も悪《わる》く、息《いき》も途切《とぎ》れ途切《とぎ》れでとても苦《くる》しそうです。

ひと月前《つきまえ》、多恵《たえ》の幼《おさな》い娘《むすめ》・福姫《ふくひめ》（隆福院《りゅうふくいん》）が流行《はや》り病《やまい》で命《いのち》を落《お》としました。その病《やまい》が看病《かんびょう》していた母《はは》の多恵《たえ》にも感染《うつ》り、こうして今《いま》にも命《いのち》の火《ひ》を消《け》そうとしているのです。

「甲斐《かい》へ帰《かえ》ったら、弟《おとうと》に……晴信《はるのぶ》に伝《つた》えて。私《わたし》が死《し》んでも、今川《いまがわ》との同盟《どうめい》は、どうかそのまま……そのまま、維持《いじ》してほしい……と」

「多恵《たえ》、無理《むり》にしゃべらずともよい。多《おお》くを語《かた》らずとも、高白斎《こうはくさい》なら、そちの心《こころ》のうちをすべて察《さつ》しておるはずじゃ。のう……？」

多恵《たえ》のそばで見守《みまも》っていた実父《じっぷ》・武田信虎《たけだのぶとら》の言葉《ことば》に、高白斎《こうはくさい》は多恵《たえ》の目《め》を見《み》て、しっかりとうなずいてみせました。

「承知《しょうち》いたしました。姫様《ひめさま》のお気持《きも》ち、御館様《おやかたさま》に必《かなら》ず伝《つた》えます」

「ええ……頼《たの》みましたよ」

多恵《たえ》は苦《くる》しげな息《いき》を吐《は》いてから、目《め》を閉《と》じました。

(義元様《よしもとさま》、子《こ》どもたちを残《のこ》して、あなた様《さま》より先《さき》に逝《い》くことをお許《ゆる》しください……)

そうして、数日後《すうじつご》。

多恵《たえ》は数《かぞ》えで三十二歳《さい》の短《みじか》い人生《じんせい》を閉《と》じ――。

後日《ごじつ》、義元《よしもと》の軍師《ぐんし》でもある名僧《めいそう》・太原雪斎《たいげんせっさい》が葬儀《そうぎ》を執《と》り行《おこな》い、「定恵院殿南室妙康大禅定尼《じょうけいいんでんなんしつみょうこうだいぜんじょうに》」という法名《ほうみょう》がつけられました。

多恵《たえ》が今川家《いまがわけ》第九代《だい》当主《とうしゅ》・義元《よしもと》と結婚《けっこん》したのは、十三年前《ねんまえ》の天文《てんぶん》6年《ねん》（1537）2月《がつ》10日《とおか》のことでした。

その前《まえ》の年《とし》に起《お》きた「花倉《はなくら》の乱《らん》」で、急死《きゅうし》した先代《せんだい》・氏輝《うじてる》の跡目《あとめ》争《あらそ》いに終止符《しゅうしふ》が打《う》たれ、今川家《いまがわけ》の家督《かとく》を継《つ》いだ義元《よしもと》は支援《しえん》してくれた甲斐《かい》の武田《たけだ》と同盟《どうめい》を結《むす》ぶことにし、その同盟《どうめい》の証《あかし》として武田《たけだ》の姫《ひめ》である多恵《たえ》が国境《くにざかい》を越《こ》えて嫁《とつ》いできたのです。

これは「駿甲同盟《すんこうどうめい》」のための政略結婚《せいりゃくけっこん》でしたが、ふたりは大変仲睦《たいへんなかむつ》まじく、長男《ちょうなん》の龍王《たつおう》丸《まる》（のちの氏真《うじざね》）や長女《ちょうじょ》の春姫《はるひめ》（のちの嶺松院《れいしょういん》）など子宝《こだから》に恵《めぐ》まれました。

また、天文《てんぶん》10年《ねん》（1541年《ねん》）には、弟《おとうと》の晴信《はるのぶ》により甲斐《かい》から追放《ついほう》された父《ちち》・信虎《のぶとら》を今《いま》川《がわ》に受《う》け入《い》れてくれたので、多恵《たえ》は夫《おっと》の義元《よしもと》にとても感謝《かんしゃ》していました。

今川《いまがわ》は、東《ひがし》の北条《ほうじょう》や西《にし》の織田《おだ》との争《あらそ》いが絶《た》えず、義元《よしもと》は気《き》の抜《ぬ》けない日々《ひび》を送《おく》っており、そんな夫《おっと》や子《こ》どもたちを残《のこ》して先《さき》に逝《い》くのは、とても心残《こころのこ》りだったのですが、病《やまい》には勝《か》てず……。

母《はは》や妹《いもうと》を亡《な》くしたさみしさからか、数《かぞ》えで十三の龍王丸《たつおうまる》は趣味《しゅみ》の蹴鞠《けまり》にいっそうのめり込《こ》み、春《はる》はともすると部屋《へや》に引《ひ》きこもりがちになってしまうので、義元《よしもと》の母《はは》――つまり祖《そ》母《ぼ》の寿桂尼《じゅけいに》が貝合《かいあ》わせや十柱香《じゅっちゅうこう》などの遊《あそ》びに誘《さそ》ったりして、なにかと気《き》にかけていました。

そうして、少《すこ》しずつ、春《はる》は元気《げんき》を取《と》り戻《もど》していき……。

ある晴《は》れた日《ひ》、兄《あに》・龍王丸《たつおうまる》の蹴鞠《けまり》を見《み》ていると、瀬名《せな》がやってきました。瀬名《せな》の母《はは》は義《よし》元《もと》の妹《いもうと》なので、瀬名《せな》は春《はる》の従妹《いとこ》にあたるのです。

瀬名《せな》は龍王丸《たつおうまる》にあこがれているらしく、いつもうっとりした目《め》で眺《なが》めています。

そのことを知《し》っていた春《はる》が、ふと、

「瀬名様《せなさま》は兄上《あにうえ》のことが好《す》きなの？」

と訊《き》いてみると、びっくりした瀬名《せな》の肩《かた》が大《おお》きく跳《は》ね上《あ》がりました。

「えっ！　ええええっと～わたくしは～～……」

恥《は》ずかしくなったのか、瀬名《せな》が顔《かお》を真《ま》っ赤《か》にしてうつむきます。

その様子《ようす》がなんだか愛《あい》らしくて、春《はる》は「ふふっ」と笑《え》みをこぼしました。

「その気持《きも》ち、よくわかるわ。だって、兄上《あにうえ》は京《きょう》の公家《くげ》にも負《ま》けない貴公子《きこうし》ですもの。立《た》ち居振《いふ》る舞《ま》いは優雅《ゆうが》で、目元《めもと》は涼《すず》しげ……。都《みやこ》に上《のぼ》れば、きっと宮中《きゅうちゅう》の女《おんな》たちが放《ほう》っておかなくてよ」

「そ、それは困《こま》ります！」

「いやだわ、瀬名様《せなさま》ったら、もしもの話《はなし》ですのに」

耳《みみ》まで真《ま》っ赤《か》になった瀬名《せな》を見《み》て、春《はる》はころころと笑《わら》いました。

「でも……そうね、妹《いもうと》のわたくしは無理《むり》だけど、瀬名様《せなさま》は従妹《いとこ》だから、もしかしたら、兄《あに》上《うえ》の嫁《よめ》に——という話《はなし》もあるかもしれないわね」

「えっ⁉　そ、それは〜〜」

「あら、困《こま》るの？」

「いえ、困《こま》りませんっ」

「まあ、素直《すなお》なこと」

春《はる》にからかわれた瀬名《せな》が「もう、いやだわ」と袖《そで》で恥《は》ずかしそうに顔《かお》を隠《かく》します。

そんなわかりやすい瀬名《せな》の反応《はんのう》を見《み》ているうちに、春《はる》はふと思《おも》いました。

（兄上《あにうえ》のお嫁様《よめさま》……いったい、どのような方《かた》がわたくしの義姉上《あねうえ》になるのかしら。わたくしも嫁《とつ》ぐなら、兄上《あにうえ》のような貴公子《きこうし》がいいわ。間違《まちが》っても、あの〝三河《みかわ》の小倅《こせがれ》〟みたいな

のは、ごめんよねえ）

〝三河《みかわ》の小倅《こせがれ》〟とは、昨年《さくねん》、三河《みかわ》の松平家《まつだいらけ》から、今川《いまがわ》へ人質《ひとじち》として来《き》た松平竹千代《まつだいらたけちよ》（のちの徳川家康《とくがわいえやす》）のことです。竹千代《たけちよ》は本当《ほんとう》なら数年前《すうねんまえ》に今川《いまがわ》へ来《く》るはずが、身内《みうち》に裏切《うらぎ》られて尾張《おわり》の織田《おだ》に送《おく》られ、昨年《さくねん》、今川《いまがわ》が人質《ひとじち》に取《と》った織田《おだ》の人間《にんげん》と交換《こうかん》するかたちで、ようやく今川《いまがわ》に来《き》たのですが……。

その竹千代《たけちよ》が織田《おだ》に売《う》られたときの値段《ねだん》は一千貫文《いっせんかんもん》、または百貫文《ひゃっかんもん》だったという噂《うわさ》や、鷹狩《たかが》りが好《す》きで、竹千代《たけちよ》の鷹《たか》がよく隣《となり》の屋敷《やしき》に飛《と》び込《こ》んでは迷惑《めいわく》をかけているとか、とにかくいろんな噂《うわさ》のある変《か》わった子《こ》で、今川館《いまがわやかた》に出入《でい》りする家臣《かしん》の子《こ》どもたちの間《あいだ》では、よく話題《わだい》に上《のぼ》っているのでした。

（それに比《くら》べて、兄上《あにうえ》は優雅《ゆうが》で教養《きょうよう》もあって……妹《いもうと》のわたくしから見《み》ても、やっぱり素敵《すてき》よねえ）

そう思《おも》うと、春《はる》はなんだか複雑《ふくざつ》な気分《きぶん》になってきました。

（いずれは、わたくしもお嫁《よめ》に行《い》くのよね……。それは母上《ははうえ》のように他国《たこく》へ行《い》くのかもしれないし、あるいは瀬名様《せなさま》の母上《ははうえ》のように家臣《かしん》の誰《だれ》かかもしれない……）

それは、どのみち、今川家《いまがわけ》を離《はな》れることを意味《いみ》しています。

父《ちち》の義元《よしもと》、兄《あに》の龍王丸《たつおうまる》、祖母《そぼ》の寿桂尼《じゅけいに》、祖父《そふ》の武田信虎《たけだのぶとら》――……お嫁《よめ》に行《い》けば、家族《かぞく》と別《わか》れて暮《く》らすようになるのです。

（大好《だいす》きな方《かた》たちとお別《わか》れするなんて、想像《そうぞう》もつかないわ。それに、駿府《すんぷ》より栄《さか》えている町《まち》なんて、京《きょう》の都《みやこ》以外《いがい》にはないと思《おも》うし……）

嫁入《よめい》りなど、まだ先《さき》のことだとは思《おも》いつつ、瞳《ひとみ》を輝《かがや》かせて龍王丸《たつおうまる》を見《み》つめる瀬名《せな》の横《よこ》で、春《はる》はひとり重《おも》いため息《いき》をつくのでした。

❖義元《よしもと》の妻《つま》・定恵院《じょうけいいん》とは❖

春姫《はるひめ》と同《おな》じく、母《はは》・定恵院《じょうけいいん》も本名《ほんみょう》が伝《つた》わっていませんので、法名《ほうみょう》から一字《じ》取《と》り、本書《ほんしょ》では「多《た》恵《え》姫《ひめ》」としてあります。彼女《かのじょ》は「駿甲同盟《すんこうどうめい》」の証《あかし》として武田《たけだ》から今川義元《いまがわよしもと》に嫁《とつ》ぎ、三十二歳《さい》で没《ぼっ》しました。娘《むすめ》・隆福院《りゅうふくいん》の死後《しご》一《いっ》か月《げつ》で亡《な》くなっているので、看病中《かんびょうちゅう》に病《やまい》を感《う》染《つ》されたと考《かんが》えられています。

さて、武田《たけだ》にはこんな話《はなし》があります。あるとき、多《た》恵《え》姫《ひめ》が貝合《かいあ》わせ用《よう》の貝《かい》を、甲斐《かい》の母《はは》・大井《おおい》の方《かた》へ大量《たいりょう》に送《おく》りました。大井《おおい》の方《かた》は息子《むすこ》の信玄《しんげん》に大《おお》きい貝《かい》と小《ちい》さい貝《かい》を選《よ》り分《わ》けるように言《い》い、信玄《しんげん》は大《おお》きい貝《かい》を母《はは》へ届《とど》けたあと、家臣《かしん》たちを呼《よ》んで小《ちい》さい貝《かい》の山《やま》を見《み》せ、「何枚《なんまい》あると思《おも》うか」と問《と》いました。ある者《もの》は「二万《まん》」、ある者《もの》は「一万《まん》五千《せん》」と答《こた》えましたが、本当《ほんとう》の数《かず》は「三千七百《ひゃく》」。「実際《じっさい》の数《かず》と見《み》た目《め》はこのように違《ちが》うものだ」と笑《わら》った信玄《しんげん》を見《み》て、家臣《かしん》たちは大《おお》いに感心《かんしん》したとか。多《た》恵《え》姫《ひめ》は母《はは》を喜《よろこ》ばせようとして、知《し》らないうちに弟《おとうと》の優秀《ゆうしゅう》さを示《しめ》すことに一役買《ひとやくか》っていたのですね。

2 甲斐《かい》の武田《たけだ》に嫁《とつ》ぐ——天文《てんぶん》21年《ねん》（1552年《ねん》）——

天文《てんぶん》20年《ねん》（1551年《ねん》）7月《がつ》26日《にち》、甲斐《かい》から武田《たけだ》晴信《はるのぶ》の弟《おとうと》・信廉《のぶかど》が駿府《すんぷ》を訪《おとず》れました。武田《たけだ》の当主《とうしゅ》である晴信《はるのぶ》の使者《ししゃ》としてやってきたのです。

「亡《な》き妻《つま》・多恵《たえ》は信廉殿《のぶかどどの》の姉《あね》。つまり、私《わたし》は信廉殿《のぶかどどの》の義兄《あに》というわけだ。駿府《すんぷ》にいる間《あいだ》はこの館《やかた》を我《わ》が家《や》だと思《おも》うて、ゆるりと過《す》ごされよ」

義元《よしもと》は信廉《のぶかど》を大《おお》いに歓待《かんたい》し、宴《うたげ》を開《ひら》いたのですが、その席《せき》に武田《たけだ》の前当主《ぜんとうしゅ》で晴信《はるのぶ》や信廉《のぶかど》の父《ちち》である信虎《のぶとら》が顔《かお》を出《だ》したとたん、一瞬《いっしゅん》、信廉《のぶかど》の顔《かお》が強張《こわば》りました。

「父上《ちちうえ》……」

「信廉《のぶかど》、息災《そくさい》でなによりじゃ」

父《ちち》・信虎《のぶとら》が甲斐《かい》から追放《ついほう》された際《さい》、信廉《のぶかど》は兄《あに》・晴信《はるのぶ》に味方《みかた》したのです。そのこともあって信廉《のぶかど》が困惑《こんわく》した顔《かお》をしていると、信虎《のぶとら》が「気《き》にするな」と笑《わら》いました。

「孫《まご》の顔見《かおみ》たさに駿河《するが》に来《き》たのは、わしの勝手《かって》じゃ。だが、帰《かえ》るときに、まさか国境《くにざかい》を封《ふう》鎖《さ》されるとは思《おも》っていなかったがの。しかし、甲斐《かい》へ戻《もど》れなかったおかげで、娘《むすめ》の死《し》に水《みず》を取《と》ってやることができた。晴信《はるのぶ》のことはいまだに許《ゆる》せぬが、それだけはよかったと思《おも》うておる」

そう言《い》ってから、信虎《のぶとら》は「こちらへ」と龍王丸《たつおうまる》と春《はる》を呼《よ》び、信廉《のぶかど》に引《ひ》き合《あ》わせました。

「多恵《たえ》の子《こ》ども……龍王丸《たつおうまる》と春《はる》じゃ」

「叔父上《おじうえ》、駿府《すんぷ》へようこそおいでくださいました」

龍王丸《たつおうまる》と春《はる》が丁寧《ていねい》にあいさつすると、信廉《のぶかど》がなつかしげに目《め》を細《ほそ》めました。

「おお、これが姉上《あねうえ》の……。私《わたし》は小《ちい》さかったので、姉上《あねうえ》のことは残念《ざんねん》ながらあまりよく覚《おぼ》えていないのですが、やはり面影《おもかげ》がありますね。それに、春姫《はるひめ》はどことなく母上《ははうえ》にも似《に》ているような気《き》がします」

「そうか……そう言《い》われるとそうじゃな。大井《おおい》の方《かた》は息災《そくさい》かの」

甲斐《かい》に残《のこ》してきた正室《せいしつ》・大井《おおい》の方《かた》を思《おも》い出《だ》しながら、信虎《のぶとら》がそう訊《き》くと、信廉《のぶかど》が「ええ」とうなずきました。

「最近《さいきん》は年《とし》のせいか、少《すこ》し弱《よわ》くなってきているようですが……」

「そうか、甲斐《かい》へ戻《もど》ったら、わしの分《ぶん》も大事《だいじ》にしてやってくれ。春《はる》も頼《たの》むぞ」

「え？」

春《はる》はどういう意味《いみ》かわからず、軽《かる》く目《め》をみはりましたが、「祖母《そぼ》を元気《げんき》づけるために、いずれなにか贈《おく》り物《もの》を」というふうにとらえ、このときは「はい」と返事《へんじ》をしました。

春《はる》が父《ちち》の義元《よしもと》に呼《よ》ばれたのは、信廉《のぶかど》が帰《かえ》ったあとのことでした。

「春《はる》、そちの嫁入《よめい》り先《さき》が決《き》まった。甲斐《かい》の武田《たけだ》だ」

「甲斐《かい》？」

先日《せんじつ》の信虎《のぶとら》と信廉《のぶかど》の会話《かいわ》から、なにか予感《よかん》めいたものを感《かん》じていた春《はる》に、義元《よしもと》のそばに控《ひか》えていた太原雪斎《たいげんせっさい》が続《つづ》けて説明《せつめい》します。

「これは亡《な》くなられた母上様《ははうえさま》の遺言《ゆいごん》にございます。今川《いまがわ》と武田《たけだ》の同盟《どうめい》が薄《うす》れることを憂《うれ》いておられた多恵姫様《たえひめさま》は、これまでと変《か》わらず、同盟《どうめい》を維持《いじ》されることを望《のぞ》んでおられました。そこで武田《たけだ》と話《はな》し合《あ》った結果《けっか》、武田家《たけだけ》の嫡男《ちゃくなん》・太郎殿《たろうどの》と春姫様《はるひめさま》の縁談《えんだん》がまとまったのです」

（そう……わたくしは駿河《するが》を離《はな》れて甲斐《かい》へ行《い》くのね）

武田太郎《たけだたろう》（のちの義信《よしのぶ》）は兄《あに》の龍王丸《たつおうまる》と同《おな》じ、天文《てんぶん》7年《ねん》（1538年《ねん》）生《う》まれ。武田《たけだ》の後継《あとつ》ぎにふさわしい、武芸《ぶげい》に秀《ひい》でた若者《わかもの》だという話《はなし》です。

「すでに我《わ》が今川《いまがわ》には武田《たけだ》の血《ち》が入《はい》っておりますし、春姫様《はるひめさま》が太郎殿《たろうどの》と結婚《けっこん》して男子《おのこ》を産《う》めば、今川《いまがわ》の血《ち》を引《ひ》く子《こ》が武田《たけだ》を継《つ》ぐことになります。これで多恵姫様《たえひめさま》の願《ねが》いどおり、武《たけ》田《だ》との同盟《どうめい》はますます盤石《ばんじゃく》なものになるというわけです」

それはすなわち、今川《いまがわ》の当主《とうしゅ》・義元《よしもと》に嫁《とつ》いだ亡《な》き多恵姫《たえひめ》が、今川《いまがわ》の女性《じょせい》の中《なか》で最高位《さいこうい》に位置《いち》していたように、春《はる》もいずれ甲斐《かい》の武田《たけだ》で同《おな》じ立場《たちば》になることを意味《いみ》していました。

そう、これは、またとない良縁《りょうえん》なのです。

「わかりました」

雪斎《せっさい》の説明《せつめい》を聞《き》いてうなずき、春《はる》は父《ちち》・義元《よしもと》を見《み》ました。

「亡《な》き母《はは》の御遺志《ごいし》とあれば、わたくしは喜《よろこ》んで甲斐《かい》へまいります。良《よ》い縁組《えんぐみ》を調《ととの》えてくださいまして、誠《まこと》にありがとうございます」

そう言《い》って、丁寧《ていねい》に頭《あたま》を下《さ》げる春《はる》に、

「うむ。武田《たけだ》との同盟《どうめい》のためにも、頼《たの》んだぞ」

と義元《よしもと》がうなずきました。


そうして、武田《たけだ》との婚約《こんやく》が調《ととの》ったのですが、婚礼《こんれい》の正式《せいしき》な日取《ひど》りはまだ決《き》まっていませんでした。ですが、早《はや》くても来年《らいねん》の話《はなし》だろうということで、春《はる》は嫁入《よめい》りに向《む》けて支度《したく》をすることになり……。

亡《な》き母《はは》に代《か》わり、なにかと差配《さはい》してくれたのは、祖母《そぼ》の寿桂尼《じゅけいに》でした。

「嫁入《よめい》りが決《き》まって、おめでたいこと。さっそく、京《きょう》からいろいろ取《と》り寄《よ》せなければ」

「ふふ、おばあ様《さま》、なんだか楽《たの》しそう」

喜々《きき》としている祖母《そぼ》を見《み》ていると、春《はる》もうれしくなったのですが、

(母上《ははうえ》が生《い》きておられれば……)

と、つい考《かんが》えてしまいました。

母親《ははおや》にとって娘《むすめ》の嫁入《よめい》り支度《じたく》をするのが、どれほどの楽《たの》しみなのか、寿桂尼《じゅけいに》の様子《ようす》から簡単《かんたん》に想像《そうぞう》がついてしまったのです。

(母上《ははうえ》は武田《たけだ》の姫《ひめ》だから、甲斐《かい》のお話《はなし》もいろいろ聞《き》けたかもしれないのに……)

そう思《おも》うと少《すこ》しさみしいですが、仕方《しかた》ありません。

複雑《ふくざつ》な気持《きも》ちのまま、春《はる》が嫁入《よめい》りの支度《したく》に追《お》われる日々《ひび》を送《おく》っていると、甲斐《かい》では、太郎《たろう》と春《はる》の夫婦《ふうふ》が住《す》むための屋敷《やしき》の建設《けんせつ》もはじまったという話《はなし》が聞《き》こえてきました。

こうして、春《はる》の気持《きも》ちが追《お》いつかないまま、時《とき》は流《なが》れ――。

翌年《よくとし》の天文《てんぶん》21年《ねん》(1552年《ねん》)4月8日《がつようか》、11月《がつ》に春《はる》が甲斐《かい》へ輿入《こしい》れすることが決《き》まりました。

(冬《ふゆ》の初《はじ》めには、甲斐《かい》へ行《い》くのね)

嫁入《よめい》りがいよいよ現実《げんじつ》のものになってきて、春《はる》はだんだん不安《ふあん》になってきました。甲斐《かい》は山国《やまぐに》で海《うみ》はありません。富士《ふじ》は見《み》えますが、山《やま》がちなので、駿河《するが》とは景色《けしき》がだいぶ違《ちが》うようです。

そして、肝心《かんじん》の、春《はる》が住《す》む府中《ふちゅう》（甲府《こうふ》）ですが、これは信虎《のぶとら》の話《はなし》によると、

「悔《くや》しいがの、わしを追《お》い出《だ》したあと、晴信《はるのぶ》のやつ、いろいろと手《て》を加《くわ》えたようじゃ」

というように、武田《たけだ》の本拠《ほんきょ》である躑躅ヶ崎館《つつじがさきやかた》の一部《いちぶ》には室町幕府第三代将軍《むろまちばくふだいだいしょうぐん》・足利義満《あしかがよしみつ》が造《つく》った「花《はな》の御所《ごしょ》」を模《も》した館《やかた》があり、城下町《じょうかまち》も京《きょう》の都《みやこ》を真似《まね》て整備《せいび》されているということでしたが、

（駿府《すんぷ》ほどのにぎわいではないわよね、きっと……）

と思《おも》えてきてしまい、どうにも心《こころ》が弾《はず》みません。

そんなある日《ひ》、お祝《いわ》いのあいさつを述《の》べに、従妹《いとこ》の瀬名《せな》と瀬名《せな》の母《はは》・水名《みな》が春《はる》を訪《たず》ねてきました。

「春姫様《はるひめさま》、このたびは誠《まこと》におめでとうございます」

「水名様《みなさま》、瀬名様《せなさま》、ありがとうございます。先《さき》ほど、父上《ちちうえ》が京《きょう》から取《と》り寄《よ》せた反物《たんもの》が届《とど》い

たのよ。よかったら、ご覧《らん》になっていって」

春《はる》は微笑《ほほえ》んで、ふたりを別室《べっしつ》に案内《あんない》しました。そこには赤《あか》、薄桃《うすもも》、橙《だいだい》、若草色《わかくさいろ》など、色《いろ》とりどりの反物《たんもの》が広《ひろ》げられています。もちろん、どれも上質《じょうしつ》な絹《きぬ》です。

「まあ、見事《みごと》な鶴《つる》ですこと。ねえ、瀬名《せな》」

「ええ、本当《ほんとう》に素敵《すてき》……」

水名《みな》も瀬名《せな》も目《め》をみはり、反物《たんもの》の海《うみ》を眺《なが》めています。そんなふたりを見《み》ているうちに、春《はる》は少《すこ》し誇《ほこ》らしい気持《きも》ちになりました。

（わたくしは駿河《するが》・遠江《とおとうみ》・三河《みかわ》の三国《さんごく》を統《す》べる太守《たいしゅ》・今川義元《いまがわよしもと》の娘《むすめ》。瀬名様《せなさま》には悪《わる》いけれど、家格《かかく》の違《ちが》いは大《おお》きいわ。太守《たいしゅ》の娘《むすめ》のわたくしだからこその御支度《おしたく》なのよね）

春《はる》のために用意《ようい》された花嫁道具《はなよめどうぐ》は、蔵《くら》の中《なか》に入《はい》りきれないほどあります。今川《いまがわ》の姫《ひめ》として恥《は》ずかしくないよう、甲斐《かい》に嫁《とつ》いでも不自由《ふじゆう》のないよう、義元《よしもと》や寿桂尼《じゅけいに》が心《こころ》を尽《つ》くして揃《そろ》えてくれたものばかりです。

「瀬名様《せなさま》、どうぞ手《て》に取《と》ってご覧《らん》になって。あ、これなんかどうかしら、牡丹《ぼたん》の花《はな》がとても色《いろ》あざやかで美《うつく》しくてよ」

「まあ、本当《ほんとう》！」

そうして、ふたりであれこれ手《て》に取《と》って眺《なが》めていると、瀬名《せな》がふと言《い》いました。

「春姫様《はるひめさま》、おしあわせそうですね」

「ええ、しあわせよ」

反射的《はんしゃてき》にそう口《くち》にし、春《はる》は微笑《ほほえ》んで続《つづ》けました。

「太郎様《たろうさま》は血《ち》のつながった従兄《いとこ》で、晴信様《はるのぶさま》と妻《つま》の三条《さんじょう》の方様《かたさま》はわたくしの叔父《おじ》と叔母《おば》……。とてもいいご縁《えん》だと思《おも》っているわ。それに甲斐《かい》は亡《な》き母上《ははうえ》の育《そだ》った国《くに》ですもの。富士《ふじ》も眺《なが》められますし、遠国《えんごく》にお嫁《よめ》にやられなくて本当《ほんとう》によかったわ」

自分《じぶん》に言《い》い聞《き》かせるように言《い》ったのですが、こうして口《くち》にしてみると、本当《ほんとう》に不安《ふあん》なことなどなにもない縁談《えんだん》なのだ、ということに春《はる》は気《き》づきました。

(なのに、わたくしったら、いったい、なにが不安《ふあん》だったのかしら……。今川《いまがわ》を離《はな》れること？　でも、それは女子《おなご》として生《う》まれたからには、いずれ他家《たけ》へ嫁《よめ》に行《い》く運命《うんめい》だというのはわかっていることでしょう？)

いずれ武田《たけだ》の当主《とうしゅ》となる男《おとこ》に嫁《とつ》ぐのですから、まさに人生《じんせい》、順風満帆《じゅんぷうまんぱん》。一生《いっしょう》、安泰《あんたい》だと約束《やくそく》されたようなものです。なのに、なぜか心《こころ》の隅《すみ》に暗《くら》い影《かげ》が潜《ひそ》んでいて……。

春《はる》はそれに敢《あ》えて気《き》づかないふりをし、瀬《せ》名《な》を見《み》て、笑《わら》いました。

「ふふ、瀬《せ》名《な》様《さま》も早《はや》くお嫁《よめ》入《い》りが決《き》まるといいわね。もちろん、相《あい》手《て》は兄《あに》――」

「春《はる》姫《ひめ》様《さま》、それはもう言《い》わないでください！　恥《は》ずかしいわ」

頬《ほお》を赤《あか》らめる瀬《せ》名《な》に、春《はる》はまた「ふふ」と笑《え》みをこぼしたのでした。


そうして、また日《ひ》々《び》は流《なが》れて――。

11月《がつ》21日《にち》、いよいよ明日《あす》、甲斐《かい》へ発《た》つという日《ひ》の晩《ばん》、春《はる》は祖《そ》母《ぼ》の寿《じゅ》桂《けい》尼《に》に呼《よ》ばれました。

「春《はる》、そなたに見《み》せたいものがあります。昔《むかし》の話《はなし》ですが、わたくしが先《せん》代《だい》・氏《うじ》輝《てる》の補《ほ》佐《さ》をしていたことは知《し》っていますか？」

「はい、聞《き》いたことがあります。ですが、あまり詳《くわ》しいことは――」

先《せん》々《せん》代《だい》の今《いま》川《がわ》氏《うじ》親《ちか》に嫁《とつ》いだ寿《じゅ》桂《けい》尼《に》は、氏《うじ》親《ちか》との間《あいだ》に、氏《うじ》輝《てる》、彦《ひこ》五《ご》郎《ろう》、照《てる》姫《ひめ》、義《よし》元《もと》の四《よ》人《にん》の子《こ》を産《う》みました。氏《うじ》親《ちか》亡《な》きあと、長《ちょう》男《なん》の氏《うじ》輝《てる》が家《か》督《とく》を継《つ》いだものの、十四歳《さい》とまだ若《わか》かったので、母《はは》である寿《じゅ》桂《けい》尼《に》が後《うし》ろ盾《だて》となって数《すう》年《ねん》は政《まつりごと》を見《み》ていたのです。ちなみに寿《じゅ》桂《けい》

尼《に》は夫《おっと》・氏親《うじちか》の定《さだ》めた分国法《ぶんこくほう》「今川仮名目録《いまがわかなもくろく》」の制定《せいてい》にも携《たずさ》わった才女《さいじょ》です。

「ふふ、そなたが生《う》まれるよりずっと前《まえ》の話《はなし》ですものね。これは、その頃《ころ》、わたくしが使《つか》っていたものです」

寿桂尼《じゅけいに》は一寸《いっすん》（三センチ）四方《しほう》の四角《しかく》い印《いん》を取《と》り出《だ》してみせました。それには字《じ》がひとつだけ彫《ほ》ってあります。

この頃《ころ》の大名《だいみょう》は公的文書《こうてきぶんしょ》に花押《かおう》を入《い》れることが通例《つうれい》となっていましたが、女性《じょせい》には花押《かおう》がありません。そこで寿桂尼《じゅけいに》は政務《せいむ》の折《おり》に、この印《いん》を使《つか》っていたのです。

「〝帰《き》〟という文字《もじ》ですが、これは〝とつぐ〟と読《よ》みます。父《ちち》から嫁入《よめい》り前《まえ》にいただきましたが、まさか証文《しょうもん》などに押《お》すことになるとは、そのときは思《おも》ってもみませんでしたよ」

「まあ……ひいおじい様《さま》の」

春《はる》の曽祖父《そうそふ》は、公家《くげ》の中御門宣胤《なかみかどのぶたね》。なので、寿桂尼《じゅけいに》は京《きょう》からはるばる駿河《するが》の今川《いまがわ》へ嫁《とつ》いできたのです。

少《すこ》しなつかしそうに遠《とお》い目《め》をし、寿桂尼《じゅけいに》は『詩経《しきょう》』の〝桃夭《とうよう》〟という一編《いっぺん》の中《なか》にある詩《し》を諳《そら》んじてくれました。

桃《もも》ノ夭々《ようよう》タル灼《しゃく》
灼《しゃく》タリ　ソノ花《はな》
之子《このこ》　于《ここ》ニ歸《とつ》グ
其《そ》ノ室家《しっか》ニ宣《よろ》シ

「これは我《わ》が家《や》に帰《かえ》るがごとくその家《いえ》に嫁《とつ》ぐ、という意味《いみ》です。盛《さか》りの頃《ころ》の桃《もも》のように、若《わか》い娘《むすめ》が嫁《とつ》ぐのを言祝《ことほ》ぐ詩《し》ですよ」

「我《わ》が家《や》に帰《かえ》るがごとく……」

「そう、これからは甲斐《かい》の武田《たけだ》がそなたの家《いえ》となるのです。わたくしの娘《むすめ》・照《てる》が北条《ほうじょう》に嫁《とつ》いだときも、この印《いん》を見《み》せて詩《し》を諳《そら》んじました。きついことを言《い》うようですが、もう今川《いまがわ》に帰《かえ》ることはない——そのような覚悟《かくご》で嫁《とつ》いでほしいと思《おも》い、あなたにも見《み》せることにしたのです。本当《ほんとう》なら最後《さいご》にそなたと語《かた》らうのは、そなたの母《はは》・多恵殿《たえどの》でしたのに。出過《です》ぎた真似《まね》をして……許《ゆる》してくださいね」

「そんな……っ、おばあ様《さま》……！」

春《はる》は思《おも》わず、祖母《そぼ》の胸《むね》に抱《だ》きつきました。祖母《そぼ》の愛《あい》がたまらなくうれしくて、涙《なみだ》があふれてきます。

「わたくし、なぜかとても不安《ふあん》でしたの……。でも、おかげで心《こころ》が決《き》まりましたわ。わたくし、今川《いまがわ》と武田《たけだ》を結《むす》ぶ強《つよ》い絆《きずな》となってみせます」

「春《はる》、そなたのしあわせを祈《いの》っていますよ。そうそう、さみしくなったら、富士《ふじ》をご覧《らん》なさい。わたくしも富士《ふじ》を見《み》て、その向《む》こうの甲斐《かい》にいる、そなたのことを思《おも》いますから」

寿桂尼《じゅけいに》がそう言《い》って、やさしく春《はる》の肩《かた》をさすります。

春《はる》は祖母《そぼ》の胸《むね》の中《なか》で、何度《なんど》も何度《なんど》も「はい」とうなずきました。

そして、翌日《よくじつ》の天文《てんぶん》21年《ねん》（1552年《ねん》）11月《がつ》22日《にち》。

春《はる》を乗《の》せた御輿《みこし》は駿府《すんぷ》を発《た》ち、甲府《こうふ》を目指《めざ》して北《きた》へと向《む》かいました。紅葉《こうよう》に彩《いろど》られる山《やま》道《みち》を、多《おお》くの家臣《かしん》が付《つ》き従《したが》い、花嫁行列《はなよめぎょうれつ》は進《すす》んでいきます。

（わたくしはもう、今川《いまがわ》に戻《もど》ることはないのね……）

これは春《はる》にとって初《はじ》めての旅《たび》でした。寺《てら》を詣《もう》でたり、海《うみ》を見《み》たり、温泉《おんせん》に行《い》くことはあっても、それはすべて今川《いまがわ》の領国内《りょうごくない》でのことだったのです。

五日後《いつかご》の27日《にち》、春《はる》はまず甲府《こうふ》の穴山信友《あなやまのぶとも》の屋敷《やしき》に入《はい》りました。穴山《あなやま》は武田《たけだ》の親戚衆《しんせきしゅう》で、信友《のぶとも》の正室《せいしつ》は亡《な》き多恵姫《たえひめ》の妹《いもうと》——つまり、春《はる》の叔母《おば》にあたるのです。

「姉上《あねうえ》の娘《むすめ》を武田《たけだ》に迎《むか》える日《ひ》が来《く》るなんて……」

うれしそうに微笑《ほほえ》む叔母《おば》を見《み》て、

（血《ち》のつながりのある家《いえ》に来《く》るというのは、こんなにも安心《あんしん》できるものなのね）

と春《はる》は思《おも》い、ほっとしました。それと同時《どうじ》に、はるばる京《きょう》から駿河《するが》まで来《き》た祖母《そぼ》の寿桂《じゅけい》尼《に》は、なんと心細《こころぼそ》かっただろうとも思《おも》い、その強《つよ》さに改《あらた》めて敬服《けいふく》したのです。

そうして、穴山家《あなやまけ》に数日《すうじつ》、滞在《たいざい》したのち——。

12月1日《がつついたち》、武田《たけだ》の本拠《ほんきょ》である躑躅ヶ崎館《つつじがさきやかた》にて、春《はる》と太郎《たろう》の結婚式《けっこんしき》が厳《おごそ》かに行《おこな》われ、そのあと、祝宴《しゅくえん》が華《はな》やかに開《ひら》かれました。武田《たけだ》の家臣団《かしんだん》と春《はる》に随行《ずいこう》してきた今川《いまがわ》の家臣団《かしんだん》がきらびやかな衣装《いしょう》を身《み》に着《つ》け、大広間《おおひろま》にずらりと並《なら》ぶ様《さま》は壮観《そうかん》です。

「今川《いまがわ》と武田《たけだ》、両家《りょうけ》のますますの繁栄《はんえい》のために、今宵《こよい》は大《おお》いに飲《の》もう」

「うむうむ、これほどめでたい宴《うたげ》はないのう」

両家《りょうけ》の家臣《かしん》たちは大《おお》いに語《かた》らい、盃《さかずき》を空《あ》けていきます。

そして、宴《うたげ》ののち——。

春《はる》は夫《おっと》となる太郎《たろう》と、ふたりのために建《た》てられた屋敷《やしき》に入《はい》りました。

いざ、ふたりきりになると、春《はる》は緊張《きんちょう》してしまい……。うつむいていると、太郎《たろう》のほうから声《こえ》をかけてくれました。

「今日《きょう》は疲《つか》れただろう」

「いえ、大丈夫《だいじょうぶ》です」

本当《ほんとう》は疲《つか》れてはいましたが、春《はる》が気丈《きじょう》にそう微笑《ほほえ》むと、太郎《たろう》が笑《わら》いました。

「無理《むり》せずともよい。それより、甲斐《かい》は田舎《いなか》で驚《おどろ》いただろう？　けれど、住《す》めば都《みやこ》だ。私《わたし》の母《はは》はもとは公家《くげ》の姫《ひめ》だが、母上《ははうえ》によれば京《きょう》よりも住《す》みやすいというぞ」

ちなみに、太郎《たろう》の母《はは》・三条《さんじょう》の方《かた》は公家《くげ》の三条公頼《さんじょうきんより》の次女《じじょ》で、寿桂尼《じゅけいに》の斡旋《あっせん》により、武田《たけだ》に嫁《とつ》いでいます。

「駿府《すんぷ》は京《きょう》の都《みやこ》のようだと聞《き》いたが、本当《ほんとう》か？」

「ええ、祖母《そぼ》は公家《くげ》の姫《ひめ》ですし、父《ちち》・義元《よしもと》も若《わか》い頃《ころ》、京《きょう》の寺《てら》で長《なが》く修行《しゅぎょう》しておりました。そのせいか、昔《むかし》からよく京《きょう》からお客様《きゃくさま》がいらっしゃいますし、そのためにいろいろと町《まち》も整備《せいび》したようです」

「そうか」

太郎《たろう》は今川《いまがわ》に対《たい》して、少《すこ》し劣等感《れっとうかん》を覚《おぼ》えているようです。だからといって、それをいいことに優越感《ゆうえつかん》に浸《ひた》る気持《きも》ちは春《はる》にはありません。妻《つま》は慎《つつ》ましく夫《おっと》を立《た》て、家を盛《も》り立《た》てていくものだからです。

「なにをご心配《しんぱい》されているのかわかりませんが、わたくしの家《いえ》はここですよ？　我《わ》が家《や》に帰《かえ》るがごとく――そのような気持《きも》ちで、わたくしは武田《たけだ》にまいったのです」

「我《わ》が家《や》に帰《かえ》るがごとく……か」

太郎《たろう》は安心《あんしん》したように微笑《ほほえ》み、春《はる》の手《て》を取《と》りました。

「そなたとは良《よ》き夫婦《めおと》になれそうだ。これからよろしく頼《たの》む」

ほっそりとした兄《あに》・龍王丸《たつおうまる》の白《しろ》い手《て》に比《くら》べると、夫《おっと》・太郎《たろう》の手《て》は大《おお》きく、ところどころにまめがあり、日《ひ》に焼《や》けていました。日頃《ひごろ》から弓《ゆみ》や乗馬《じょうば》などの鍛錬《たんれん》のために、外《そと》に出《で》ているからでしょう。

(この方《かた》はきっと、武田《たけだ》の当主《とうしゅ》になるために、人一倍《ひといちばい》、励《はげ》んでいらっしゃるのね)

不思議《ふしぎ》なもので、手《て》と手《て》を合《あ》わせただけで、太郎《たろう》がどんな人間《にんげん》かわかるような気《き》がしました。従兄妹同士《いとこどうし》なので、血《ち》のつながりゆえ、心《こころ》が通《つう》じやすいというのもあるのかもしれませんが——。

「太郎様《たろうさま》、わたくし、あなた様《さま》を精《せい》いっぱい、お支《ささ》えしてまいります」

そう言《い》って微笑《ほほえ》んだとたん、春《はる》は太郎《たろう》に引《ひ》き寄《よ》せられ、強《つよ》く抱《だ》きしめられました。

❖祖父《そふ》・武田信虎《たけだのぶとら》とは❖

〝甲斐《かい》の虎《とら》〟と謳《うた》われた名将《めいしょう》・武田信玄《たけだしんげん》の父《ちち》・信虎《のぶとら》は、春姫《はるひめ》の祖父《そふ》にあたります。信虎《のぶとら》は孫《まご》（氏真《うじざね》）が生《う》まれたことを喜《よろこ》び、「ちょっと顔《かお》を見《み》に行《い》ってくる」と駿河《するが》へ出《で》かけましたが、娘《むすめ》や孫《まご》の元気《げんき》な顔《かお》を見《み》てから安心《あんしん》して甲斐《かい》へ戻《もど》ろうとした際《さい》、信玄《しんげん》に国境《くにざかい》を封鎖《ふうさ》され、甲斐《かい》から追放《ついほう》されてしまいました。

なぜ、こんなことが起《お》こったのか……。「信虎《のぶとら》が信玄《しんげん》を嫌《きら》っており、弟《おとうと》の信繁《のぶしげ》を後継《こうけい》にしようと考《かんが》えていたからだ」とか「今川《いまがわ》にスパイとして残《のこ》った」など、いろんな説《せつ》がありますが、本当《ほんとう》のところはわかっていません。

さて、信虎《のぶとら》は駿府《すんぷ》でおとなしくしていたわけではなく、義元《よしもと》亡《な》きあと、孫《まご》・氏真《うじざね》の不甲斐《ふがい》なさを見《み》て「今川《いまがわ》を攻《せ》めるなら今《いま》！」と信玄《しんげん》に書《か》き送《おく》っています。これがバレて今川《いまがわ》にいられなくなった信虎《のぶとら》は京《きょう》へ向《む》かい、室町幕府《むろまちばくふ》第《だい》十三代将軍《だいしょうぐん》・足利義輝《あしかがよしてる》の御相伴衆《おしょうばんしゅう》になったそうです。結局《けっきょく》、一生《いっしょう》、甲斐《かい》へ戻《もど》ることはありませんでした。

3　三国同盟成立《さんごくどうめいせいりつ》――天文《てんぶん》23年《ねん》（1554年《ねん》）――

甲斐《かい》の冬《ふゆ》は寒《さむ》く、雪《ゆき》もたくさん降《ふ》ります。

もちろん駿河《するが》にも雪《ゆき》は降《ふ》りますが、比較的《ひかくてき》あたたかな故郷《こきょう》に比《くら》べると、骨《ほね》の髄《ずい》まで凍《こご》えるような寒《さむ》さなので、結婚《けっこん》して早々《そうそう》に春《はる》はとても気《き》が重《おも》くなりました。

夫《おっと》・太郎《たろう》をはじめ、義母《はは》の三条《さんじょう》の方《かた》、そして、太郎《たろう》の妹《いもうと》たちも皆《みな》、やさしく接《せっ》してくれましたので、それはとても救《すく》いになりましたが、ひとつ残念《ざんねん》なことがありました。

春《はる》が嫁《とつ》ぐより前《まえ》――祖母《そぼ》の大井《おおい》の方《かた》が5月《がつ》に、すでに亡《な》くなっていたのです。

（甲斐《かい》のおばあ様《さま》に、お会《あ》いしてみたかったわ。亡《な》き母上《ははうえ》の小《ちい》さい頃《ころ》のお話《はなし》などを、お聞《き》きしてみたかったのに……）

祖父《そふ》の信虎《のぶとら》が祖母《そぼ》の訃報《ふほう》に接《せっ》したときのことを、春《はる》は思《おも》い出《だ》しました。甲斐《かい》から追放《ついほう》された信虎《のぶとら》は妻《つま》の死《し》に目《め》に会《あ》えず、ただ悲《かな》しみに耐《た》えるしかなかったのです。その姿《すがた》は母《はは》・多恵《たえ》を亡《な》くしたときの父《ちち》・義元《よしもと》の姿《すがた》に重《かさ》なりました。

そのときの祖父《そふ》と父《ちち》の様子《ようす》を思《おも》い出《だ》した春《はる》は、

（わたくしは太郎様《たろうさま》より先《さき》に死《し》んだりはしない）

と、心《こころ》に決《き》めました。

年《とし》が明《あ》けて、天文《てんぶん》22年《ねん》（1553年《ねん》）2月《がつ》、太郎《たろう》の妹《いもうと》・梅姫《うめひめ》（のちの黄梅院《おうばいいん》）の婚約《こんやく》が決《き》まりました。相手《あいて》は相模《さがみ》の北条氏政《ほうじょううじまさ》です。

晴信《はるのぶ》は数《かぞ》えでまだ十一歳《さい》の梅姫《うめひめ》のことを、目《め》に入《い》れても痛《いた》くないほどかわいがっているようで、贅《ぜい》を尽《つ》くして嫁入《よめい》り道具《どうぐ》を揃《そろ》えるよう、家臣《かしん》たちに命《めい》じました。

今年《ことし》か来年《らいねん》には婚儀《こんぎ》が行《おこな》われるようですので、短《みじか》い間《あいだ》ですが、義姉《あね》としてできる限《かぎ》りの愛情《あいじょう》を持《も》って接《せっ》しようと、春《はる》は思《おも》いました。

梅姫《うめひめ》の結婚《けっこん》は、「甲相同盟《こうそうどうめい》」のために行《おこな》われるものです。武田《たけだ》は先代《せんだい》の信虎《のぶとら》の代《だい》から西《にし》の隣国《りんごく》・信濃《しなの》の豪族《ごうぞく》たちとの争《あらそ》いが絶《た》えず、晴信《はるのぶ》は日々《ひび》、戦《いくさ》に明《あ》け暮《く》れていました。この同盟《どうめい》が無事《ぶじ》に成立《せいりつ》すれば、信濃《しなの》の攻略《こうりゃく》に専念《せんねん》できるというわけです。

武田《たけだ》は北信濃《きたしなの》をめぐる争《あらそ》いから、信濃《しなの》の北東《ほくとう》の隣国《りんごく》・越後《えちご》の長尾景虎《ながおかげとら》（のちの上杉謙信《うえすぎけんしん》）との戦《いくさ》に発展《はってん》し――。

この年《とし》の4月《がつ》、のちに「第《だい》一次《じ》川中島《かわなかじま》の戦《たたか》い（布施《ふせ》の戦《たたか》い）」と呼《よ》ばれる戦《いくさ》が勃発《ぼっぱつ》。これは9月《がつ》に景虎《かげとら》が越後《えちご》に引《ひ》き上《あ》げたことで終結《しゅうけつ》しました。

夫《おっと》の太郎《たろう》はまだ初陣《ういじん》を果《は》たしていませんので、此度《こたび》の戦《いくさ》に参加《さんか》することはありませんでしたが、この戦《たたか》いの折《おり》、春《はる》は義父《ちち》・晴信《はるのぶ》に酒樽《さかだる》や肴《さかな》を贈《おく》るなどして、太郎《たろう》の妻《つま》としての役《やく》目《め》を果《は》たしました。

「私《わたし》も早《はや》く戦《いくさ》に出《で》て、父上《ちちうえ》の役《やく》に立《た》ちたいものだ」

血気盛《けっきさか》んな夫《おっと》の太郎《たろう》は、日々《ひび》、武芸《ぶげい》を磨《みが》いています。そんな夫《おっと》を頼《たの》もしく思《おも》い、春《はる》はいつもまぶしげに見《み》つめていました。

太郎《たろう》の顔《かお》は日《ひ》に焼《や》けて黒《くろ》く、鍛《きた》えた腕《うで》はたくましく、時折《ときおり》、軽々《かるがる》と春《はる》を抱《だ》き上《あ》げて、縁《えん》先《さき》から庭《にわ》の東屋《あずまや》まで連《つ》れて行《い》ってくれることもあります。

「ははは、春《はる》は軽《かる》いなあ」

「もう、太郎様《たろうさま》ったら」

最初《さいしょ》のうちは、抱《だ》き上《あ》げられるなど「はしたない」と思《おも》っていた春《はる》でしたが、そのうち慣《な》れて、むしろ楽《たの》しみにするようになりました。

そして、太郎《たろう》はこの年《とし》の12月《がつ》に室町幕府第《むろまちばくふだい》十三代将軍《だいしょうぐん》・足利義輝《あしかがよしてる》から「義《よし》」の字《じ》の偏諱《へんき》を受《う》け、武田家《たけだけ》の通字《とおりじ》「信《のぶ》」と合《あ》わせて、名《な》を義信《よしのぶ》と改《あらた》めました。

これは父《ちち》・晴信《はるのぶ》が将軍家《しょうぐんけ》に働《はたら》きかけて実現《じつげん》したもので、武田《たけだ》の後継者《こうけいしゃ》としての期待《きたい》の高《たか》さがわかります。

（これで、男子《おのこ》が生《う》まれれば安心《あんしん》なのだけれど）

早《はや》く後継《あとつ》ぎを産《う》んで、大好《だいす》きな夫《おっと》を安心《あんしん》させてあげたい、と春《はる》は思《おも》いました。

天文《てんぶん》23年《ねん》（1554年《ねん》）春《はる》――。

駿河《するが》の善得寺《ぜんとくじ》にて、駿河《するが》の今川義元《いまがわよしもと》、甲斐《かい》の武田晴信《たけだはるのぶ》、相模《さがみ》の北条氏康《ほうじょううじやす》が一堂《いちどう》に会《かい》し、顔《かお》を合《あ》わせることになりました。

これを進《すす》めたのは、今川《いまがわ》の軍師《ぐんし》・太原雪斎《たいげんせっさい》でした。雪斎《せっさい》の発案《はつあん》で各国《かっこく》の重臣《じゅうしん》たちが話《はな》し合《あ》いを重《かさ》ね、かつてない三者会談《さんしゃかいだん》が開《ひら》かれることになったのです。

一献傾《いっこんかたむ》ける前《まえ》に、と義元《よしもと》が寺《てら》の案内《あんない》を買《か》ってでました。

「どうですかな、晴信殿《はるのぶどの》。駿河《するが》から見《み》る表《おもて》の富士《ふじ》は」

青《あお》い空《そら》を背《せ》に、雄大《ゆうだい》な富士《ふじ》が優美《ゆうび》に裾野《すその》を広《ひろ》げています。

それはため息《いき》をつくほど、素晴《すば》らしい景色《けしき》ですが――。

問《と》われた晴信《はるのぶ》は、すぐさま眉《まゆ》を吊《つ》り上《あ》げました。

「表《おもて》？　甲斐《かい》の富士《ふじ》は裏富士《うらふじ》だと言《い》いたいのか。山《やま》に表《おもて》も裏《うら》もあるか！」

「そうだ、山《やま》に表《おもて》も裏《うら》もない。義元殿《よしもとどの》、小田原《おだわら》から見《み》る富士《ふじ》は脇腹《わきばら》だとでも言《い》いたいのか」

氏康《うじやす》もムッと顔《かお》をしかめ、義元《よしもと》を見《み》ます。

自身《じしん》の国《くに》から日本一《にほんいち》の富士《ふじ》が見《み》える――という点《てん》では、それぞれ誇《ほこ》りを持《も》っているのです。

そんなふたりに、義元《よしもと》は笑《わら》って言《い》いました。

「さよう、富士《ふじ》には表《おもて》も裏《うら》もなし。では、同《おな》じ富士《ふじ》を仰《あお》ぎ見《み》る国《くに》の者同士《ものどうし》、我《われ》らも表裏《おもてうら》なく付《つ》き合《あ》っていきましょうぞ」

「なるほど……」

「そういうことか」

義元《よしもと》の言葉《ことば》に納得《なっとく》し、晴信《はるのぶ》と氏康《うじやす》はにやりと笑《わら》いました。

「子《こ》らのためにも、末永《すえなが》く平穏《へいおん》を保《たも》ちたいですな」

「この先《さき》、裏切《うらぎ》りや抜《ぬ》け駆《が》けがないことを祈《いの》りまする」

「ここは寺《てら》――神仏《しんぶつ》の前《まえ》で嘘《うそ》はつけませぬ。腹《はら》を割《わ》って話《はな》し合《あ》いましょうぞ。膳《ぜん》の支度《したく》ができております。さあ、中《なか》へ」

そうして、会見場所《かいけんばしょ》となる部屋《へや》へ向《む》かう途中《とちゅう》、晴信《はるのぶ》がそっと義元《よしもと》に訊《き》いてきました。

「義元殿《よしもとどの》、父上《ちちうえ》は息災《そくさい》ですか」

「ええ、我《わ》が妻《つま》・多恵《たえ》が亡《な》くなったときは、とても沈《しず》んでおられたが……。妻《つま》も最期《さいご》は義《ち》父上《ちうえ》に看取《みと》ってもらえてしあわせだったと思《おも》いまする」

「そうか……。父上《ちちうえ》は姉上《あねうえ》をかわいがっておられたから……」

晴信《はるのぶ》は複雑《ふくざつ》な顔《かお》でうつむきましたが、自身《じしん》が追放《ついほう》した父《ちち》に会《あ》いたいとは決《けっ》して口《くち》にしません。

「ところで、晴信殿《はるのぶどの》。うちの娘《むすめ》は息災《そくさい》ですか」

「ええ、春殿《はるどの》はしとやかで慎《つつ》ましい姫《ひめ》ですな。それに、うちの梅《うめ》を本当《ほんとう》の妹《いもうと》のようにかわいがってくれて――。梅《うめ》は長女《ちょうじょ》なので、姉《あね》ができたみたいでうれしいのでしょう」

「もともと、ふたりは従姉妹同士《いとこどうし》。それはなによりです」

春《はる》の様子《ようす》を聞き、義元《よしもと》が満足《まんぞく》げに微笑《ほほえ》むと、晴信《はるのぶ》が氏康《うじやす》を見《み》ました。

「氏康殿《うじやすどの》、梅《うめ》がそちらへ嫁《とつ》いだ折《おり》は頼《たの》みますぞ」

「無論《むろん》だ……。ん？　そういえば、晴信殿《はるのぶどの》は子煩悩《こぼんのう》だという噂《うわさ》だったな。娘《むすめ》があまりにかわいいからといって、手放《てばな》すのが惜《お》しくなったと取《と》りやめにされては困《こま》りますぞ」

「心配《しんぱい》しなくとも、年内《ねんない》には相模《さがみ》へ嫁《とつ》がせます」

三人《にん》はなごやかに笑《わら》い、それぞれの席《せき》に着《つ》きました。

駿河《するが》と甲斐《かい》、甲斐《かい》と相模《さがみ》はすでに同盟《どうめい》が成立《せいりつ》していますが、駿河《するが》と相模《さがみ》はまだです。

「氏康殿《うじやすどの》、かねてからの申《もう》し合《あ》わせのとおり、北条《ほうじょう》の姫《ひめ》をうちの氏真《うじざね》にもらう、ということで異存《いぞん》はあるまいな？」

「ええ、次期《じき》今川《いまがわ》の当主《とうしゅ》の妻《つま》となれば、願《ねが》ってもない話《はなし》。よろしくお頼《たの》みします」

こうして、氏康《うじやす》の娘《むすめ》・安姫《やすひめ》（のちの早川殿《はやかわどの》）を義元《よしもと》の嫡男《ちゃくなん》・氏真《うじざね》（かつての龍王丸《たつおうまる》）に嫁《とつ》がせることを約束《やくそく》し、戦国時代《せんごくじだい》、稀《まれ》に見《み》る三国同盟《さんごくどうめい》が成立《せいりつ》したのです。

そして、早《はや》くも7月《がつ》17日《にち》、小田原《おだわら》から駿府《すんぷ》へ、安姫《やすひめ》が嫁《とつ》ぎ――。

12月《がつ》、梅姫《うめひめ》がいよいよ北条《ほうじょう》へ嫁《とつ》ぐことになりました。

梅姫《うめひめ》と本当《ほんとう》の姉妹《しまい》のように仲良《なかよ》くなっていた春《はる》は、とてもさみしい気持《きも》ちでいっぱいでしたが仕方《しかた》ありません。

「梅姫様《うめひめさま》、どうぞお元気《げんき》で」

「ありがとうございます。義姉上《あねうえ》のおかけで、良《よ》い旅立《たびだ》ちになりそうです」

「わたくしのおかげ……？」

どういうことだろうと春《はる》が軽《かる》く小首《こくび》を傾《かし》げますと、「実《じつ》は……」と梅姫《うめひめ》が続《つづ》けました。

「他国《たこく》へ嫁《とつ》ぐのは不安《ふあん》だったんですが、義姉上《あねうえ》を見《み》ていたら、そんなに心配《しんぱい》することもないのかなあ、と」

義信《よしのぶ》と春《はる》の仲睦《なかむつ》まじさは、武田家中《たけだかちゅう》の誰《だれ》もがうらやむほどでしたので、梅姫《うめひめ》も自然《しぜん》と「いつか自分《じぶん》も義姉上《あねうえ》のようなお嫁様《よめさま》になりたい」と思《おも》うようになったのです。

これを聞《き》き、なんだかくすぐったい気持《きも》ちで、春《はる》は微笑《ほほえ》みました。

「まあ、そうなのですか。ふふ、少《すこ》しでもお役《やく》に立《た》ててよかったですわ。もう二度《にど》とお目《め》にかかることはないでしょうけれど……文《ふみ》をいただけたら、うれしいわ」

別《わか》れのさみしさを笑顔《えがお》に変《か》えて、春《はる》は従妹《いとこ》であり義妹《いもうと》でもある梅姫《うめひめ》の手《て》を取《と》りました。

嫁入《よめい》りはめでたいこと。涙《なみだ》は禁物《きんもつ》です。

「はい！　必《かなら》ず書《か》きますね」

そうして、梅姫《うめひめ》は国境《くにざかい》を越《こ》え、相模《さがみ》へと嫁《とつ》いでいきました。

❖善得寺会談《ぜんとくじかいだん》は本当《ほんとう》にあったのか❖

駿河東部第一《するがとうぶだいいち》の寺《てら》と言《い》われた、善得寺《ぜんとくじ》。

子《こ》どもの頃《ころ》に義元《よしもと》が修行《しゅぎょう》をしたこの寺《てら》にて「三国同盟《さんごくどうめい》」の会談《かいだん》が行《おこな》われたと言《い》われていますが、実際《じっさい》は今川《いまがわ》、武田《たけだ》、北条《ほうじょう》、それぞれの重臣《じゅうしん》たちが集《あつ》まって話《はな》し合《あ》いがもたれたものと思《おも》われます。ですが、それでは話《はなし》がおもしろくないので、本書《ほんしょ》では当主同士《とうしゅどうし》が膝《ひざ》を突《つ》き合《あ》わせ、娘《むすめ》の身《み》を案《あん》じながら縁談《えんだん》の話《はなし》を進《すす》めたことにしました。

しかし、この善得寺《ぜんとくじ》は永禄《えいろく》12年《ねん》（1569年《ねん》）の武田信玄《たけだしんげん》による駿河侵攻《するがしんこう》の際《さい》、ことごとく焼《や》かれてしまうことになります。

善得寺跡《ぜんとくじあと》は現在《げんざい》、小《ちい》さな公園《こうえん》になっており、「三国同盟《さんごくどうめい》」を発案《はつあん》したといわれる今川《いまがわ》の軍師《ぐんし》・太原雪斎《たいげんせっさい》の墓《はか》のほか、三国同盟《さんごくどうめい》にちなんで向《む》かって左側《ひだりがわ》から駿河《するが》、甲斐《かい》、相模《さがみ》の各地《かくち》の大《おお》きな石《いし》が配置《はいち》されているオブジェなどがあります。

私《わたし》も一度《いちど》、行《い》きましたが、善得寺跡周辺《ぜんとくじあとしゅうへん》から見上《みあ》げる富士《ふじ》は圧巻《あっかん》です。

4 第《だい》四次《じ》川中島《かわなかじま》の戦《たたか》い
——永禄《えいろく》4年《ねん》(1561年《ねん》)——


北信濃《きたしなの》をめぐる武田《たけだ》と越後《えちご》の長尾《ながお》との戦《いくさ》はその後《ご》も続《つづ》き、天文《てんぶん》24年《ねん》（1555年《ねん》）4月《がつ》には「第《だい》二次《じ》川中島《かわなかじま》の戦《たたか》い（犀川《さいがわ》の戦《たたか》い）」が起《お》こりました。

犀川《さいがわ》を挟《はさ》んで二百日《ひやくにち》もの間《あいだ》、両軍《りょうぐん》の対陣《たいじん》が続《つづ》いたのち、武田《たけだ》と同盟関係《どうめいかんけい》にある今川義元《いまがわよしもと》が調停《ちょうてい》に入《はい》り、武田《たけだ》と長尾《ながお》は和議《わぎ》を結《むす》んで、それぞれ撤退《てったい》し——。

元号《げんごう》が変《か》わった弘治元年《こうじがんねん》（1555年《ねん》）、武田《たけだ》が南信濃《みなみしなの》を平定《へいてい》しました。

そして、弘治《こうじ》3年《ねん》（1557年《ねん》）8月下旬《がつげじゅん》、「第《だい》三次《じ》川中島《かわなかじま》の戦《たたか》い（上野原《うえのはら》の戦《たたか》い）」が勃発《ぼっぱつ》。これは互《たが》いに決戦《けっせん》を避《さ》けたために、大規模《だいきぼ》な戦《いくさ》には発展《はってん》せず、9月頭《がつあたま》に長尾方《ながおがた》が兵《へい》を退《ひ》いたことで終《お》わりました。

（わたくしが武田《たけだ》に来《き》てから戦《いくさ》ばかり……。いつ終《お》わるのかしら）

武田《たけ》《だ》が越後《えちご》の長尾景虎《ながおかげとら》と心《こころ》おきなく戦《たたか》えるのは、三国同盟《さんごくどうめい》のおかげです。武田《たけだ》だけでなく、今川《いまがわ》も尾張《おわり》の織田《おだ》と、北条《ほうじょう》は関東《かんとう》の諸勢力《しょせいりょく》と戦《たたか》いを続《つづ》けています。

こうした状況《じょうきょう》の中《なか》、春《はる》は姫《ひめ》を産《う》み、ようやく母《はは》となりました。義信《よしのぶ》は大変喜《たいへんよろこ》び、夫婦《ふうふ》の絆《きずな》はますます強《つよ》くなったのですが、

（次《つぎ》は男子《おのこ》を――）

と春《はる》は内心焦《ないしんあせ》っていました。

武田《たけだ》に嫁《とつ》いでそろそろ八年《ねん》が経《た》とうとしており、周囲《しゅうい》も「後継《あとつ》ぎはまだか」という目《め》で春《はる》を見《み》ています。特《とく》に義父《ちち》の信玄《しんげん》の目《め》を見《み》るのが、春《はる》はだんだん怖《こわ》くなってきていました。

嫡男《ちゃくなん》の妻《つま》としての使命《しめい》を果《は》たさねば、と日々願《ひびねが》っていたある日《ひ》――。

永禄《えいろく》3年《ねん》（１５６０年《ねん》）5月《がつ》、とんでもない報《しら》せが、春《はる》のもとに届《とど》きました。

「春《はる》、落《お》ち着《つ》いて聞《き》いてほしい。今川義元殿《いまがわよしもとどの》が討《う》ち死《じ》にされた……」

「父上《ちちうえ》が……!?　義信様《よしのぶさま》、それは本当《ほんとう》なのですか!?」

去《さ》る5月《がつ》19日《にち》、「桶狭間《おけはざま》の戦《たたか》い」にて、父《ちち》の義元《よしもと》が織田信長《おだのぶなが》に討《う》たれたという話《はなし》を、春《はる》は信《しん》じられない思《おも》いで聞《き》きました。

「嘘《うそ》です……！　そんなの、信《しん》じられません！　駿河《するが》・遠江《とおとうみ》・三河《みかわ》の三国《さんごく》を統《す》べる、〝海《かい》道一《どういち》の弓取《ゆみと》り〟とまで謳《うた》われた父《ちち》が……そんな……そんな……っ！」

泣《な》き崩《くず》れる春《はる》の背中《せなか》を、義信《よしのぶ》がやさしくさすります。

「今川《いまがわ》の家督《かとく》はすでに、そなたの兄《あに》・氏真殿《うじざねどの》が継《つ》いでおられる。義元殿《よしもとどの》が討《う》たれたことは大変《たいへん》な驚《おどろ》きだが、武田《たけだ》と今川《いまがわ》の同盟《どうめい》に変《か》わりはない」

「……本当《ほんとう》ですか？」

「ああ、こうして、私《わたし》のそばに、そなたがいるのだから」

「……義信様《よしのぶさま》、ありがとうございます」

（そう……そうよね、だって、わたくしは今川《いまがわ》と武田《たけだ》の絆《きずな》を強《つよ》くするために来《き》たのだもの）

ただちに使者《ししゃ》が今川《いまがわ》へ走《はし》り、今後《こんご》の同盟《どうめい》は揺《ゆ》るがないものと改《あらた》めて確認《かくにん》が取《と》れ――。

父《ちち》を亡《な》くした悲《かな》しみの中《なか》で、その報《しら》せは春《はる》にとって救《すく》いになったのでした。

義元《よしもと》が討《う》ち死《じ》にした翌年《よくとし》、永禄《えいろく》4年《ねん》（1561年《ねん》）8月《がつ》、武田《たけだ》はふたたび越後《えちご》の長尾《ながお》と対決《たいけつ》するため、北信濃《きたしなの》の川中島《かわなかじま》に向《む》けて出陣《しゅつじん》しました。

「越後《えちご》の龍《りゅう》め……今度《こんど》こそ、決着《けっちゃく》をつけてやる」

〝甲斐《かい》の虎《とら》〟と謳《うた》われていた武田晴信《たけだはるのぶ》は、朝廷《ちょうてい》から正式《せいしき》に信濃《しなの》の守護《しゅご》となる命《めい》を受《う》け、その後《ご》、出家《しゅっけ》し「徳栄軒信玄《とくえいけんしんげん》」と号《ごう》するようになっていました。

対《たい》する〝越後《えちご》の龍《りゅう》〟、長尾景虎《ながおかげとら》は関東管領《かんとうかんれい》・上杉憲政《うえすぎのりまさ》を奉《ほう》じて、相模《さがみ》の北条氏康《ほうじょううじやす》を攻《せ》め、その戦《いくさ》の間《あいだ》に憲政《のりまさ》の養子《ようし》となり、名《な》を「上杉政虎《うえすぎまさとら》」と改《あらた》めています。

その政虎《まさとら》が越後《えちご》を発《た》ち、川中島《かわなかじま》に進軍《しんぐん》してきたという報《ほう》を受《う》け、信玄《しんげん》もすぐさま甲斐《かい》を出《で》たのです。その軍《ぐん》の中《なか》には、嫡男《ちゃくなん》の義信《よしのぶ》の姿《すがた》もありました。

天文《てんぶん》23年《ねん》（1554年《ねん》）に初陣《ういじん》を飾《かざ》り、その後《ご》も数々《かずかず》の戦《いくさ》で功《こう》を上《あ》げ、武田《たけだ》の嫡男《ちゃくなん》として確実《かくじつ》に頼《たよ》りになる存在《そんざい》に成長《せいちょう》していたのです。

義信《よしのぶ》は青《あお》い空《そら》を背《せ》に、高々《たかだか》と掲《かか》げられた長旗《ながばた》を見《み》つめました。

疾如風徐如林侵
掠如火不動如山

疾《はや》きこと風《かぜ》の如《ごと》く、徐《しず》かなること林《はやし》の如《ごと》く、侵《おか》し掠《かす》めること火《ひ》の如《ごと》く、動《うご》かざること山《やま》の如《ごと》し。

これは中国《ちゅうごく》の兵書《へいしょ》『孫子《そんし》』の中《なか》にある言葉《ことば》で、武田《たけだ》では略《りゃく》して「風林火山《ふうりんかざん》」と呼《よ》ばれています。

(私《わたし》はこの旗《はた》のもと、此度《こたび》の戦《いくさ》で必《かなら》ず〝越後《えちご》の龍《りゅう》〟を討《う》ち取《と》ってみせる！)

諏訪《すわ》から和田峠《わだとうげ》を越《こ》えて川中島《かわなかじま》に到着《とうちゃく》してみると、上杉軍《うえすぎぐん》は大胆《だいたん》にも武田《たけだ》が前線基地《ぜんせんきち》として築《きず》いた海津城《かいづじょう》の前《まえ》を通《とお》りすぎて、南《みなみ》の妻女山《さいじょさん》に陣《じん》を張《は》っていました。これは、いざ北《きた》の越後《えちご》へ逃《に》げるとなれば敵中《てきちゅう》を突破《とっぱ》せざるを得《え》ない位置《いち》です。政虎《まさとら》のほうも「此度《こたび》で決着《けっちゃく》をつける」という意志《いし》の表《あらわ》れでしょう。

武田軍《たけだぐん》は、上杉軍《うえすぎぐん》と相対《あいたい》するように千曲川《ちくまがわ》を挟《はさ》んだ茶臼山《ちゃうすやま》に陣《じん》を敷《し》き……。

その五日後《いつかご》、信玄《しんげん》は上杉軍《うえすぎぐん》に背《せ》を向《む》けるかたちで軍《ぐん》を動《うご》かし、海津城《かいづじょう》に入《はい》りました。これは上杉軍《うえすぎぐん》を誘《さそ》い出《だ》す作戦《さくせん》だったのですが、政虎《まさとら》は動《うご》きませんでした。

両軍《りょうぐん》はふたたび膠着状態《こうちゃくじょうたい》に陥《おちい》り――。

重臣《じゅうしん》の飯富虎昌《おぶとらまさ》と馬場信房《ばばのぶふさ》が、信玄《しんげん》に詰《つ》め寄《よ》りました。

「御館様《おやかたさま》、上杉《うえすぎ》は先《さき》に川中島《かわなかじま》に入《はい》り、大胆《だいたん》にもこの海津城《かいづじょう》の前《まえ》を素通《すどお》りし、妻女山《さいじょさん》に陣《じん》を張《は》りました。見下《みお》ろされたままでは、味方《みかた》の士気《しき》にかかわりますぞ」

「一刻《いっこく》も早《はや》く、上杉《うえすぎ》を攻《せ》めるべきかと！」

血気《けっき》に逸《はや》る重臣《じゅうしん》たちを見《み》まわし、信玄《しんげん》は「うむ」とうなずきました。

味方《みかた》の士気《しき》が充分《じゅうぶん》に高《たか》まるのを待《ま》っていたのです。

「勘助《かんすけ》、信房《のぶふさ》とともに策《さく》を立《た》てよ！　政虎《まさとら》に山《やま》を下《くだ》らせるのだ！」

そうして、９月《がつ》９日《ここのか》の夜《よる》、信玄《しんげん》は密《ひそ》かに別働隊《べつどうたい》一万《まん》二千《せん》を妻女山《さいじょさん》へ向《む》かわせました。

背後《はいご》からの急襲《きゅうしゅう》を受《う》け、不意《ふい》を突《つ》かれてあわてて山《やま》を下《くだ》ってくる上杉軍《うえすぎぐん》を、八幡原《はちまんばら》にて信玄《しんげん》の本隊《ほんたい》八千《はっせん》が迎《むか》え討《う》って、山《やま》を下《お》りてきた別働隊《べつどうたい》と挟《はさ》み討《う》ちにする「キツツキ戦法《せんぽう》」を実行《じっこう》するためです。

啄木鳥《きつつき》は虫《むし》を取《と》るとき、虫《むし》がいる木《き》の穴《あな》の反対側《はんたいがわ》をつつき、驚《おどろ》いて穴《あな》から転《ころ》げ出《で》た虫《むし》を捕《つか》まえます。軍師《ぐんし》・山本勘助《やまもとかんすけ》がそれに例《たと》えて、策《さく》を献《けん》じたのです。

妻女山《さいじょさん》には上杉軍《うえすぎぐん》の篝火《かがりび》が、いくつも夜《よる》の闇《やみ》の中《なか》で揺《ゆ》れています。

(政虎《まさとら》め、すっかり油断《ゆだん》しておると見《み》える)

海津城《かいづじょう》を出《で》て八幡原《はちまんばら》に密《ひそ》かに進軍《しんぐん》した信玄率《しんげんひき》いる武田《たけだ》の本隊《ほんたい》は「鶴翼《かくよく》の陣《じん》」を展開《てんかい》し、今《いま》か今《いま》かと待《ま》ち受《う》けていました。鶴《つる》が翼《つばさ》を広《ひろ》げるかたちを模《も》したこの陣形《じんけい》で、別働隊《べつどうたい》の急《きゅう》襲《しゅう》により、山《やま》から転《ころ》げ落《お》ちてくるであろう上杉軍《うえすぎぐん》を一網打尽《いちもうだじん》にするのです。

本隊《ほんたい》の左翼《さよく》を守《まも》るのは、信玄《しんげん》の弟《おとうと》・信繁《のぶしげ》。義信《よしのぶ》は信玄《しんげん》の本陣《ほんじん》の右翼《うよく》に陣《じん》を張《は》り、〝その時《とき》〟を待《ま》っていたのですが、上杉《うえすぎ》という虫《むし》はなかなか落《お》ちて来《こ》ず――。

そうしているうちに夜《よ》が明《あ》け、川中島《かわなかじま》一帯《いったい》は深《ふか》い霧《きり》に包《つつ》まれはじめました。このあたりは千曲川《ちくまがわ》や犀川《さいがわ》が流《なが》れているので、朝《あさ》は霧《きり》が立《た》ち込《こ》めやすいのです。

（別働隊《べつどうたい》はなにをしているのだ？　すでに上杉軍《うえすぎぐん》を壊滅《かいめつ》させたというのなら、それでいいが――）

そう思《おも》ったときでした。

ドドドッと大軍《たいぐん》が押《お》し寄《よ》せてくる音《おと》が、霧《きり》の向《む》こうから聞《き》こえてきたのです。

武田《たけだ》の動《うご》きを察知《さっち》した上杉軍《うえすぎぐん》が篝火《かがりび》を焚《た》いたまま密《ひそ》かに山《やま》を下《お》り、霧《きり》に紛《まぎ》れて進軍《しんぐん》し、突如《とつじょ》、武田《たけだ》の本隊《ほんたい》の前《まえ》に躍《おど》り出《で》たのです！

「て、敵襲《てきしゅう》！」

「なんだと!?」

上杉軍《うえすぎぐん》は「車懸《くるまが》かりの陣《じん》」という車輪《しゃりん》が回《まわ》るがごとく軍《ぐん》を動《うご》かす陣形《じんけい》で迫《せま》り、武田軍《たけだぐん》の鶴翼《かくよく》の陣《じん》を崩《くず》しにかかってきました。

不意《ふい》を突《つ》かれた武田軍《たけだぐん》は、この奇襲《きしゅう》に怖気《おじけ》づく者《もの》も多《おお》く……。

「まるで天《てん》から降《ふ》ってきたかのようじゃ！」

「これは天魔《てんま》の所業《しょぎょう》か!?」

川中島《かわなかじま》一帯《いったい》は一気《いっき》に地獄絵図《じごくえず》のようになりました。

刀《かたな》を斬《き》り結《むす》ぶ音《おと》が響《ひび》き合《あ》い、ある者《もの》は地《ち》に倒《たお》れ伏《ふ》して首《くび》を取《と》られ、ある者《もの》は川《かわ》に落《お》とされて水《みず》しぶきを上《あ》げ、川《かわ》は血《ち》の色《いろ》に染《そ》まっていきます。

「皆《みな》、怯《ひる》むな！　上杉《うえすぎ》を本陣《ほんじん》に近《ちか》づけてはならぬ！」

上杉《うえすぎ》の一隊《いったい》が武田《たけだ》の嫡男《ちゃくなん》を討《う》ち取《と》ろうと、猛攻《もうこう》をかけてきます。

義信《よしのぶ》の隊《たい》は旗本《はたもと》五十騎《ごじゅっき》、雑兵《ぞうひょう》四百余《ひゃくあま》り。合《あ》わせて五百近《ひゃくちか》い兵力《へいりょく》がありましたが、数《かず》で勝《まさ》る上杉《うえすぎ》に徐々《じょじょ》に押《お》されていき――。

(別働隊《べつどうたい》はまだか！　このままでは……)

果敢《かかん》に戦《たたか》った義信《よしのぶ》は負傷《ふしょう》し、思《おも》うように身体《からだ》が動《うご》きません。

鶴翼《かくよく》の陣《じん》の翼《つばさ》がもろくももがれようというとき、状況《じょうきょう》が一変《いっぺん》しました。

巳《み》の刻《こく》(午前《ごぜん》十時頃《じごろ》)、妻女山《さいじょさん》を下《お》りた別働隊《べつどうたい》がようやく上杉《うえすぎ》の背後《はいご》に迫《せま》ったのです。

攻守《こうしゅ》は逆転《ぎゃくてん》し、今度《こんど》は上杉軍《うえすぎぐん》の車懸《くるまが》かりの車輪《しゃりん》が崩《くず》される番《ばん》でした。

「よし、政虎《まさとら》を討《う》ち取《と》るぞ！」

義信《よしのぶ》は疲《つか》れた身体《からだ》に鞭《むち》を打《う》ち、敵《てき》に挑《いど》みかかっていきます。

乱戦《らんせん》の末《すえ》、しばらくして、武田軍《たけだぐん》に押《お》された上杉軍《うえすぎぐん》が兵《へい》を退《ひ》いて越後《えちご》へ向《む》かい……。

なのに、信玄《しんげん》は追《お》うことなく撤退《てったい》を決《き》めたので、それに対《たい》し、義信《よしのぶ》は反発《はんぱつ》しました。

「父上《ちちうえ》、なぜ追《お》わないのです!?」

「我《わ》がほうの優勢《ゆうせい》のまま、撤退《てったい》すべきだ。味方《みかた》の犠牲《ぎせい》はあまりにも大《おお》きすぎた……」

静寂《せいじゃく》の戻《もど》った川中島一帯《かわなかじまいったい》は惨憺《さんたん》たる有様《ありさま》でした。

敵味方《てきみかた》を問《と》わず、血《ち》にまみれた無数《むすう》の死体《したい》が転《ころ》がり、あたりには血《ち》なまぐさい臭《にお》いが漂《ただよ》い、川《かわ》も大地《だいち》も真《ま》っ赤《か》に染《そ》まっています。

死者《ししゃ》は両軍合《りょうぐんあ》わせて八千《はっせん》。

のちに「第四次川中島《だいじかわなかじま》の戦《たたか》い（八幡原《はちまんばら》の戦《たたか》い）」と呼《よ》ばれるこの戦《いくさ》は、戦国時代《せんごくじだい》、いえ、日本史上稀《にほんしじょうまれ》に見《み》る激戦《げきせん》だったのです。

そして、その無数《むすう》の戦死者《せんししゃ》の中《なか》に、信玄《しんげん》の弟《おとうと》・信繁《のぶしげ》の遺体《いたい》がありました。武田《たけだ》の副将《ふくしょう》を務《つと》めていた信繁《のぶしげ》は、信玄《しんげん》を守《まも》るため、敵《てき》を引《ひ》きつけて戦《たたか》い、壮絶《そうぜつ》な死《し》を遂《と》げたのです。

武田軍《たけだぐん》は申《さる》の刻《こく》（午後四時頃《ごごじごろ》）に勝《か》ち鬨《どき》を上《あ》げ、甲斐《かい》へと引《ひ》き上《あ》げました。

躑躅ヶ崎館《つつじがさきやかた》に戻《もど》ってからも、納得《なっとく》のいかない義信《よしのぶ》は負傷《ふしょう》した身体《からだ》を押《お》し、父《ちち》・信玄《しんげん》に食《く》ってかかりました。

「父上《ちちうえ》！　やはりあのとき、上杉《うえすぎ》を追《お》うべきではなかったのですか！」

「義信《よしのぶ》、今《いま》さらなにを申《もう》すか」

信玄《しんげん》のそばには母《はは》の三条《さんじょう》の方《かた》がいましたが、義信《よしのぶ》は構《かま》わず続《つづ》けました。

「亡《な》くなった叔父上《おじうえ》のためにも、越後《えちご》の龍《りゅう》を討《う》ち取《と》るべきだったのです！」

そこへ、あわてて追《お》ってきた義信《よしのぶ》の守役《もりやく》・飯富虎昌《おぶとらまさ》が止《と》めに入《はい》りました。

「義信様《よしのぶさま》、口《くち》が過《す》ぎますぞ！」

虎昌《とらまさ》が義信《よしのぶ》の肩《かた》を押《お》さえ、信玄《しんげん》の前《まえ》から下《さ》がらせます。

そうして、憤懣《ふんまん》やるかたない義信《よしのぶ》は自分《じぶん》の屋敷《やしき》へと戻《もど》りました。

「〝甲斐《かい》の虎《とら》〟と謳《うた》われた父上《ちちうえ》が、撤退《てったい》を口《くち》にするなど思《おも》わなかった！」

「このままでは叔父上《おじうえ》が浮《う》かばれぬ！」

「上杉政虎《うえすぎまさとら》は本陣《ほんじん》まで突《つ》っ込《こ》み、父上《ちちうえ》と相対《あいたい》したという。討《う》ち取《と》る機会《きかい》があったのに、なぜみすみす見逃《みのが》したのだ⁉」

義信《よしのぶ》の怒《いか》りはなかなか収《おさ》まらず、どんどん父《ちち》・信玄《しんげん》に対《たい》する不満《ふまん》をため込《こ》んでいきます。

そんな夫《おっと》に対《たい》し、春《はる》はどう接《せっ》していいかわからなかったのですが、

「義信様《よしのぶさま》、今《いま》はお身体《からだ》を休《やす》めることだけをお考《かんが》えくださいまし」

と言《い》うのが精《せい》いっぱいでした。

躑躅ヶ崎館《つつじがさきやかた》では此度《こたび》の川中島《かわなかじま》での戦《たたか》いの最中《さなか》、信玄《しんげん》の五女《じょ》・松姫《まつひめ》が生《う》まれたことや、引《ひ》き分《わ》けといえど一応《いちおう》、勝《か》ち戦《いくさ》で終《お》わったことなどから、お祝《いわ》いの雰囲気《ふんいき》が漂《ただよ》っているのですが、春《はる》たちが住《す》む屋敷《やしき》だけは重苦《おもくる》しい空気《くうき》が支配《しはい》しています。

（お義父上《ちちうえ》と、早《はや》く仲直《なかなお》りされるといいのだけれど……）

けれど、一度《いちど》狂《くる》った歯車《はぐるま》はもとの位置《いち》に戻《もど》ることはなく――。

このあと、春《はる》の身《み》に次々《つぎつぎ》と不幸《ふこう》が襲《おそ》いかかってくるのです。

❖川中島《かわなかじま》での義信《よしのぶ》❖

永禄《えいろく》4年《ねん》（1561年《ねん》）の第《だい》四次《じ》「川中島《かわなかじま》の戦《たたか》い」。この戦《たたか》いでは信玄《しんげん》と謙信《けんしん》の一騎《いっき》打《う》ちが行《おこな》われたという伝説《でんせつ》があります。

川中島《かわなかじま》には義信《よしのぶ》も旗本《はたもと》五十騎《ごじゅっき》、雑兵《ぞうひょう》四百余《ひゃくあま》りを率《ひき》いて出陣《しゅつじん》し、武田《たけだ》軍《ぐん》の鶴翼《かくよく》の陣《じん》の右《みぎ》を守《まも》っていましたが、上杉《うえすぎ》の一隊《いったい》に猛攻《もうこう》をかけられ、追《お》い立《た》てられてしまいます。

本陣《ほんじん》には信玄《しんげん》と影武者《かげむしゃ》（弟《おとうと》の信廉《のぶかど》）がそれぞれおり、上杉《うえすぎ》の間者《かんじゃ》はどちらが本物《ほんもの》かわからずにいました。ところが「義信《よしのぶ》、苦戦《くせん》」の報《ほう》が入《はい》り、「早《はや》く太郎《たろう》（義信《よしのぶ》）を救《すく》え！」と一方《いっぽう》の信玄《しんげん》が大《おお》声《ごえ》で軍配《ぐんばい》を振《ふ》ったのです。こちらが本物《ほんもの》だと見破《みやぶ》った間者《かんじゃ》はさっそく謙信《けんしん》に合図《あいず》を送《おく》ったため、謙信《けんしん》が一気《いっき》に馬《うま》で攻《せ》め込《こ》んできたのでした。

しかし、この伝説《でんせつ》の一騎《いっき》打《う》ちも、第《だい》四次《じ》の戦《たたか》いも結局《けっきょく》は決着《けっちゃく》がつかず――。

このあと、義信《よしのぶ》と信玄《しんげん》は「南進策《なんしんさく》（駿河《するが》侵攻《しんこう》）」をめぐって対立《たいりつ》。「川中島《かわなかじま》での信玄《しんげん》の策《さく》は稚拙《ちせつ》だった」と義信《よしのぶ》が非難《ひなん》したため、その頃《ころ》から親子《おやこ》の間《あいだ》に亀裂《きれつ》が入《はい》ったともいわれています。

5　夫《おっと》・義信《よしのぶ》の死《し》――永禄《えいろく》10年《ねん》（1567年《ねん》）――

激戦《げきせん》だった「第四次川中島の戦い《だいじかわなかじまのたたか》」が終《お》わってから、しばらくして――。
駿河《するが》の今川《いまがわ》に身《み》を寄《よ》せている信虎《のぶとら》から、息子《むすこ》・信玄《しんげん》に宛《あ》てた書状《しょじょう》が届《とど》きました。

――我《わ》が孫《まご》とはいえ、氏真《うじざね》は太守《たいしゅ》の器《うつわ》ではない。今川《いまがわ》は十年《ねん》のうちに滅《ほろ》びるであろう。尾張《おわり》の織田《おだ》、三河《みかわ》の松平《まつだいら》に獲《と》られる前《まえ》に、駿河《するが》、遠江《とおとうみ》を攻《せ》めよ。

これを読《よ》むなり、信玄《しんげん》は苦《にが》い顔《かお》をしました。
（氏真《うじざね》は蹴鞠《けまり》ばかりしている公家《くげ》かぶれとは聞《き》くが……。しかし、義元《よしもと》が桶狭間《おけはざま》で織田《おだ》に敗《やぶ》れたとはいえ、今川《いまがわ》はいまだ強大《きょうだい》。父上《ちちうえ》には困《こま》ったものだ。まだ甲斐《かい》の国主《こくしゅ》でいるつも

りなのか、それともわしの父親面《ちちおやづら》をしたいだけなのか）

もともと娘《むすめ》を義元《よしもと》に嫁《とつ》がせて、今川《いまがわ》との同盟《どうめい》を結《むす》んだのは信虎《のぶとら》です。そして、それを基《き》盤《ばん》にして義信《よしのぶ》と春《はる》が結婚《けっこん》することでふたたび「甲駿同盟《こうすんどうめい》」が成立《せいりつ》し、それが「甲相駿三国《こうそうすんさんごく》同盟《どうめい》」にまで発展《はってん》したのです。

ですが、今川《いまがわ》を攻《せ》めるというのは、信玄《しんげん》にとってかなり魅力的《みりょくてき》なものでした。駿河《するが》と遠《とお》江《うみ》には海《うみ》があります。豊富《ほうふ》な海産物《かいさんぶつ》に各地《かくち》との貿易《ぼうえき》を担《にな》う海運《かいうん》。山国《やまぐに》である甲斐《かい》にとって、どれものどから手《て》が出《で》るほどほしいものですが……。

（南《みなみ》に目《め》を向《む》ければ、背後《はいご》を上杉《うえすぎ》に突《つ》かれる。それに娘《むすめ》を氏真《うじざね》に嫁《とつ》がせている北条《ほうじょう》も黙《だま》ってはいまい……。時《とき》がくれば、動《うご》けばよい）

信玄《しんげん》は信虎《のぶとら》の書状《しょじょう》を無視《むし》し、その後《ご》は同盟《どうめい》を結《むす》んでいる北条《ほうじょう》と連動《れんどう》し、上杉《うえすぎ》の支配下《しはいか》にある西上野《にしこうずけ》を手《て》に入《い》れました。

そして、永禄《えいろく》７年《ねん》（１５６４年《ねん》）、「第五次川中島《だいごじかわなかじま》の戦《たたか》い（塩崎《しおざき》の対陣《たいじん》）」が起《お》こり、信《しん》玄《げん》はふたたび北信濃《きたしなの》へと出陣《しゅつじん》。

この戦《たたか》いは六十日間対陣《にちかんたいじん》するも、両軍動《りょうぐんうご》かず……。結局《けっきょく》、上杉《うえすぎ》が国許《くにもと》で起《お》きた反乱《はんらん》を鎮《しず》めるために引《ひ》き上《あ》げたのを機《き》に、幕引《まくひ》きとなりました。

信玄《しんげん》はこれで念願《ねんがん》の北信濃《きたしなの》を掌握《しょうあく》し、前《まえ》に支配下《しはいか》に置《お》くことに成功《せいこう》していた南信濃《みなみしなの》と合《あ》わせて、ようやく信濃一国《しなのいっこく》を手《て》に入《い》れたのです。

それから、ついに信玄《しんげん》は南《みなみ》に目《め》を向《む》けることにしました。

「甲斐《かい》・信濃《しなの》は山国《やまぐに》。やはり海《うみ》がほしい」

狙《ねら》いは駿河《するが》、遠江《とおとうみ》です。

今川《いまがわ》は義元《よしもと》の死後《しご》、三河《みかわ》の松平《まつだいら》など家臣《かしん》の離反《りはん》が続《つづ》き、弱体化《じゃくたいか》がますます進《すす》んでいます。弱《よわ》った虫《むし》を潰《つぶ》すのは、簡単《かんたん》なことです。

「ようやく、〝その時《とき》〟がきた。今川《いまがわ》へ侵攻《しんこう》するぞ」

しかし、これには当然《とうぜん》、義信《よしのぶ》が反対《はんたい》しました。

「今川《いまがわ》とは古《ふる》くから同盟《どうめい》を結《むす》んでいるではありませんか！　私《わたし》の妻《つま》は今川《いまがわ》の姫《ひめ》。それに氏《うじ》真殿《ざねどの》の亡《な》き母《はは》は父上《ちちうえ》の姉君《あねぎみ》……。父上《ちちうえ》は血《ち》のつながった甥《おい》を攻《せ》めるというのですか⁉」

氏真《うじざね》は従兄弟《いとこ》同士《どうし》であると同時《どうじ》に、義信《よしのぶ》から見《み》て、義兄《あに》にあたります。それとともに天《てん》文《ぶん》7年《ねん》（1538年《ねん》）生《う》まれの氏真《うじざね》とは同《おな》い年《どし》ですので、義信《よしのぶ》は今川《いまがわ》に対《たい》し、強《つよ》い絆《きずな》を感《かん》じていたのでした。

「血《ち》は水《みず》よりも濃《こ》いと言《い》います。川中島《かわなかじま》から手《て》を引《ひ》いたとはいえ、上杉《うえすぎ》は依然《いぜん》として我《われ》らの敵《てき》。これからも今川《いまがわ》とは協力《きょうりょく》していくべきです！」

「おまえとは話《はなし》にならぬ。もうよい、下《さ》がれ」

「……父上《ちちうえ》！」

「下《さ》がれ、と言《い》うておろうが！」

怒気《どき》を孕《はら》んだ声《こえ》で言《い》われ、義信《よしのぶ》はぐっと唇《くちびる》をかみました。そんな義信《よしのぶ》を守役《もりやく》の飯富虎昌《おぶとらまさ》が諫《いさ》めます。

「御館様《おやかたさま》はお忙《いそが》しい身《み》。義信様《よしのぶさま》、今日《きょう》のところはお下《さ》がりください」

「……わかった」

苦々《にがにが》しい思《おも》いで義信《よしのぶ》は信玄《しんげん》の前《まえ》を辞《じ》し、厩《うまや》へと向《む》かいました。そして、ささくれだった心《こころ》を落《お》ち着《つ》けようと、馬《うま》に乗《の》り、躑躅ケ崎館《つつじがさきやかた》を飛《と》び出《だ》したのです。

(父上《ちちうえ》は今川《いまがわ》を滅《ほろ》ぼすつもりだ。駿河《するが》に侵攻《しんこう》すれば、姫《ひめ》を嫁《とつ》がせている北条《ほうじょう》も黙《だま》ってはいまい。そうすれば、北条《ほうじょう》に嫁《とつ》いでいる妹《いもうと》の梅《うめ》もつらい思《おも》いをすることになる……)

今川《いまがわ》を攻《せ》めれば、北条《ほうじょう》との同盟《どうめい》も危《あや》ういものになります。三国同盟《さんごくどうめい》はおそらく崩壊《ほうかい》するでしょう。

そして、なによりも義信《よしのぶ》は妻《つま》の春《はる》が悲《かな》しむ顔《かお》を見《み》たくありません。

(父上《ちちうえ》の、海《うみ》がほしい気持《きも》ちはわかる。だが、駿河《するが》を攻《せ》めるのはやはり賛成《さんせい》しかねる。このまま三国《さんごく》の同盟《どうめい》を維持《いじ》し、甲斐《かい》と信濃《しなの》の領国経営《りょうごくけいえい》に専念《せんねん》すべきだ)

風《かぜ》を切《き》って馬《うま》を走《はし》らせていた義信《よしのぶ》の頭《あたま》に、ふと、ある話《はなし》が思《おも》い浮《う》かびました。

(その昔《むかし》、父上《ちちうえ》は祖父《そふ》・信虎《のぶとら》を追放《ついほう》した……。祖父《そふ》の横暴《おうぼう》さが目《め》にあまり、甲斐《かい》の民《たみ》だけでなく牛《うし》さえも悲嘆《ひたん》に暮《く》れていたというが、それは本当《ほんとう》のことなのだろうか?)

信玄《しんげん》は父《ちち》の信虎《のぶとら》が駿河《するが》へ娘《むすめ》と孫《まご》の顔《かお》を見《み》に行《い》ったのを機《き》に、やむなく国境《くにざかい》を封鎖《ふうさ》して駿河《するが》に追放《ついほう》したと聞《き》いていますが、義信《よしのぶ》の耳《みみ》には別《べつ》の話《はなし》も入《はい》ってきていました。

実《じつ》は、信虎《のぶとら》が昔《むかし》から信玄《しんげん》を疎《うと》んじており、次男《じなん》の信繁《のぶしげ》を後継《あとつ》ぎに、と考《かんが》えていたため、信玄《しんげん》が父親憎《ちちおやにく》しで家督《かとく》を奪《うば》い取《と》ったという噂《うわさ》もあったのです。

(私《わたし》も〝父親《ちちおや》を裏切《うらぎ》った男《おとこ》〟だと後世《こうせい》まで罵《ののし》られるだろうが……)

暗《くら》い決断《けつだん》を胸《むね》に、義信《よしのぶ》は引《ひ》き返《かえ》しました。

そして、翌年《よくとし》の永禄《えいろく》8年《ねん》（1565年《ねん》）6月《がつ》、義信《よしのぶ》はある情報《じょうほう》を手《て》に入《い》れました。

尾張《おわり》の織田信長《おだのぶなが》から、信長《のぶなが》の養女《ようじょ》（実《じつ》の姪《めい》）を、信玄《しんげん》の四男《なん》で義信《よしのぶ》の異母弟《おとうと》・勝頼《かつより》に嫁《と》がせたいと信玄宛《しんげんあ》てに内密《ないみつ》に話《はなし》が来《き》たというのです。

これは弱体化《じゃくたいか》した今川《いまがわ》を叩《たた》き、駿河《するが》と遠江《とおとうみ》を武田《たけだ》とともに奪《うば》い取《と》って分割《ぶんかつ》しようと、信《のぶ》長《なが》が言《い》ってきているのも同然《どうぜん》でした。

（このままでは今川《いまがわ》が滅《ほろ》んでしまう！）

そう考《かんが》えた義信《よしのぶ》は、腹《はら》を決《き》め――。

7月《がつ》15日《にち》の夜《よる》、

「灯籠見物《とうろうけんぶつ》に行《い》ってくる」

と称《しょう》し、信頼《しんらい》する家臣《かしん》ふたりを連《つ》れて、飯富虎昌《おぶとらまさ》の屋敷《やしき》へ向《む》かいました。

「虎昌《とらまさ》、私《わたし》の願《ねが》いを聞《き》いてくれて、うれしく思《おも》う」

「義信様《よしのぶさま》、お気持《きも》ちは変《か》わらないのですな」

「ああ、父《ちち》・信玄《しんげん》を討《う》ち、家督《かとく》を奪《うば》う」

義信《よしのぶ》は心《こころ》を決《き》めてから、虎昌《とらまさ》に味方《みかた》になってくれるよう何度《なんど》も手紙《てがみ》を出《だ》していました。

虎昌《とらまさ》は義信《よしのぶ》の守役《もりやく》である前《まえ》に信玄《しんげん》の重臣《じゅうしん》です。その虎昌《とらまさ》からようやく決意《けつい》したと返事《へんじ》をもらい、急《いそ》ぎ、駆《か》けつけたのです。

「父上《ちちうえ》は織田《おだ》と同盟《どうめい》を結《むす》ぶつもりだ。なんとしても、それを阻止《そし》する」

「ええ、駿河《するが》を攻《せ》めるは不義《ふぎ》。見過《みす》ごすわけにはまいりません」

そうして、義信《よしのぶ》たちは計画《けいかく》を練《ね》り、機会《きかい》を待《ま》っていたのですが――。

早《はや》くも翌日《よくじつ》、

「義信様《よしのぶさま》に謀叛《むほん》の心《こころ》あり」

と、信玄《しんげん》のもとに報《しら》せが入《はい》りました。

義信《よしのぶ》の動《うご》きを懸念《けねん》していた信玄《しんげん》が見張《みは》りをつけ、動向《どうこう》を逐一《ちくいち》、報告《ほうこく》させていたのです。

(義信《よしのぶ》はやはり、わしを追《お》い落《お》とすつもりか)

ついに恐《おそ》れていたことが起《お》き、信玄《しんげん》は腹《はら》を決《き》めました。

「やむをえん……義信《よしのぶ》を捕《と》らえよ！」

義信《よしのぶ》は謀叛《むほん》のかどで東光寺《とうこうじ》に幽閉《ゆうへい》の身《み》となり――。

そして、10月《がつ》15日《にち》、信玄《しんげん》は義信《よしのぶ》を幽閉《ゆうへい》したまま廃嫡《はいちゃく》し、虎昌《とらまさ》以下《いか》、謀叛《むほん》に関与《かんよ》した者《もの》たち八十人《にん》を処刑《しょけい》または他国《たこく》へ追放《ついほう》するという、厳《きび》しい処分《しょぶん》を行《おこな》ったのです。

「義信様《よしのぶさま》……っ」
夫《おっと》と引《ひ》き離《はな》されてから、春《はる》は幼《おさな》い姫《ひめ》を抱《だ》きしめ、泣《な》き続《つづ》けていました。
(義信様《よしのぶさま》が義父上《ちちうえ》に歯向《はむ》かったのは、すべてわたくしのため……)
そのことが申《もう》し訳《わけ》なく、そして、義父《ちち》・信玄《しんげん》の心変《こころが》わりが悔《くや》しく、涙《なみだ》が止《と》まりません。
(もしかして嫁《とつ》ぐ前《まえ》に感《かん》じていた不安《ふあん》は、これだったのかしら……)
この先《さき》に不幸《ふこう》が待《ま》ち受《う》けていると、心《こころ》のどこかで警鐘《けいしょう》が鳴《な》っていたのかもしれません。
そして、義信《よしのぶ》が廃嫡《はいちゃく》された翌月《よくげつ》の11月《がつ》13日《にち》。

信濃《しなの》の高遠城《たかとおじょう》にて、信玄《しんげん》の四男《なん》・勝頼《かつより》と織田信長《おだのぶなが》の養女《ようじょ》・遠山姫《とおやまひめ》の祝言《しゅうげん》が盛大《せいだい》に挙《あ》げられたのですが、謀叛人《むほんにん》の妻《つま》であり今川《いまがわ》の姫《ひめ》でもある春《はる》は招《まね》かれませんでした。たとえ招《まね》かれたとしても、行《い》くつもりはなかったでしょうが……。

（わたくしは武田《たけだ》にとって邪魔者《じゃまもの》。だからと言《い》って、そう簡単《かんたん》に駿河《するが》に戻《もど》るつもりはないわ）

次男《じなん》は盲目《もうもく》、三男《なん》は早逝《そうせい》、五男《なん》と六男《なん》は他家《たけ》の養子《ようし》に出《だ》しているこの状況《じょうきょう》からして、信《しん》玄《げん》は四男《なん》の勝頼《かつより》を跡取《あとと》りと決《き》めたようです。

（でも、義信様《よしのぶさま》が生《い》きている限《かぎ》り、今川《いまがわ》との絆《きずな》をあきらめてはいけない。だって、わたくしはそのために嫁《とつ》いできたのですもの）

春《はる》にとって幸《さいわ》いなことに、信玄《しんげん》は春《はる》をなかなか駿河《するが》へ送《おく》り返《かえ》そうとしません。北条《ほうじょう》との同盟《どうめい》もありますし、時機《じき》を計《はか》っているのでしょう。

春《はる》は幾度《いくど》となく、義母《はは》の三条《さんじょう》の方《かた》に訴《うった》えました。

「わたくしは義信様《よしのぶさま》の妻《つま》です。どうか義信様《よしのぶさま》のおそばに置《お》いてほしいと、義父上様《ちちうえさま》にお頼《たの》みくださいまし！」

「それはできません。義信《よしのぶ》は罪人《ざいにん》。妻《つま》をそばに置《お》いたら罰《ばつ》にはなりませぬ」

「そんな……。確《たし》かに、義信様《よしのぶさま》は恐《おそ》ろしいことを考《かんが》えたかもしれません。でも、それはわたくしのためなのです！　わたくしのために、義信様《よしのぶさま》は……っ」

嫡男《ちゃくなん》は後継《あとつ》ぎを作《つく》るのも仕事《しごと》。ですが、義信《よしのぶ》は側室《そくしつ》を置《お》こうとはしませんでした。それは春《はる》だけを愛《あい》し、春以外《はるいがい》の女《おんな》を妻《つま》にするつもりはなかったということです。

そして、義信《よしのぶ》は春《はる》の実家《じっか》をも大事《だいじ》に考《かんが》えてくれました。

義信《よしのぶ》の深《ふか》い愛《あい》に報《むく》いようと、春《はる》は必死《ひっし》に三条《さんじょう》の方《かた》に頼《たの》みましたが――。

「わたくしもつらいのです。わかっておくれ……」

と涙《なみだ》を見《み》せられ、それ以上《いじょう》は強《つよ》く言《い》えなくなったのでした。

永禄《えいろく》10年《ねん》（1567年《ねん》）8月《がつ》、信玄《しんげん》は家中《かちゅう》の者《もの》二百《ひゃく》三十七名《めい》に、忠誠《ちゅうせい》を誓《ちか》わせる起請文《きしょうもん》の提出《ていしゅつ》を命《めい》じました。

それには、信玄《しんげん》に逆心謀叛《ぎゃくしんむほん》の企《くわだ》てを立《た》てぬことを誓《ちか》い、これを違《たが》えた者《もの》はありとあらゆる天罰《てんばつ》を受《う》ける、ということが記《しる》されていました。

裏《うら》を返《かえ》せば、「信《しん》玄《げん》に逆《さか》らった者《もの》は、たとえ身内《みうち》でも成敗《せいばい》される」ということです。

こうして、家中《かちゅう》の引《ひ》き締《し》めを行《おこな》い、将来的《しょうらいてき》な裏切《うらぎ》りの芽《め》を摘《つ》み取《と》った信玄《しんげん》は、いよいよ重大《じゅうだい》な決断《けつだん》をすることにし——。

その前《まえ》に、三条《さんじょう》の方《かた》を呼《よ》びました。

「ついに、その日《ひ》が……」

三条《さんじょう》の方《かた》は我《わ》が子《こ》の運命《うんめい》を思《おも》い、泣《な》き崩《くず》れました。本当《ほんとう》なら、義信《よしのぶ》は信玄《しんげん》の後継者《こうけいしゃ》として武田《たけだ》家第《けだい》二十代《だい》の当主《とうしゅ》になるはずだったのです。

「せめて、武士《ぶし》らしく自《みずか》ら命《いのち》を絶《た》つよう、伝《つた》えるつもりじゃ」

信玄《しんげん》の声《こえ》は震《ふる》えていました。

義信《よしのぶ》を成敗《せいばい》せねば、起請文《きしょうもん》を取《と》った者《もの》たちに対《たい》し、示《しめ》しがつきません。謀叛《むほん》を企《くわだ》てたのにもかかわらず、例外的《れいがいてき》に命《いのち》を取《と》らぬとあっては、家中《かちゅう》の乱《みだ》れにつながります。

「御館様《おやかたさま》、お願《ねが》いがございます。最後《さいご》にどうか——」

三条《さんじょう》の方《かた》の必死《ひっし》の願《ねが》いに、信玄《しんげん》はうなずきました。

その夜《よ》、躑躅ヶ崎館《つつじがさきやかた》から密《ひそ》かに春《はる》を乗《の》せた輿《こし》が出《で》ました。向《む》かったのは、夫《おっと》が幽閉《ゆうへい》されている東光寺《とうこうじ》です。

月明《つきあ》かりだけが差《さ》し込《こ》む暗《くら》い部屋《へや》の中《なか》で、ふたりは静《しず》かに向《む》き合《あ》いました。ひとり娘《むすめ》の光姫《みつひめ》を連《つ》れてこなかったのは、義信《よしのぶ》の希望《きぼう》でした。罪人《ざいにん》である父親《ちちおや》の姿《すがた》を記憶《きおく》に残《のこ》してほしくない、と考《かんが》えたのです。

「ああ、義信様《よしのぶさま》……」

「春《はる》……。すまない、このようなことになってしまって」

二年《ねん》にわたる幽閉生活《ゆうへいせいかつ》の間《あいだ》、ろくに食《た》べ物《もの》を口《くち》にしなかったのでしょう。義信《よしのぶ》の顔《かお》は青《あお》白《じろ》く、頬《ほお》はこけ、あんなに日《ひ》に焼《や》けてたくましかった腕《うで》も細《ほそ》くなっていました。

「義信様《よしのぶさま》、すべてはわたくしのため……ですよね？　あなた様《さま》を恨《うら》む気持《きも》ちは少《すこ》しもございません。あやまるのは、わたくしのほうです。父上《ちちうえ》が生《い》きておられたら、このようなことにはならなかったのに……」

「今川《いまがわ》が悪《わる》いわけではない。今川《いまがわ》との同盟《どうめい》を維持《いじ》できなかった、私《わたし》の力不足《ちからぶそく》だ」

許《ゆる》してくれ、と義信《よしのぶ》が言《い》い、春《はる》は首《くび》を振《ふ》りました。

義信《よしのぶ》の心根《こころね》は、まっすぐすぎました。

それゆえ、謀略《ぼうりゃく》に長《た》けた父《ちち》・信玄《しんげん》に敵《かな》わなかったのです。

「そなたを抱《だ》き上《あ》げて庭《にわ》を散歩《さんぽ》でもしたいが、私《わたし》にはもう、その力《ちから》も残《のこ》っていない……」

弱々《よわよわ》しく微笑《ほほえ》んだ夫《おっと》の手《て》を、春《はる》はそっと手《て》に取《と》りました。

「いいのです。こうしてお会《あ》いできただけで……わたくしはしあわせです」

「春《はる》……」

永遠《えいえん》の別《わか》れのために、ふたりは強《つよ》く抱《だ》き合《あ》いました。


10月《がつ》19日《にち》、東光寺《とうこうじ》にて義信《よしのぶ》は自害《じがい》。

そして、夫《おっと》が命《いのち》を絶《た》った翌月《よくげつ》、相模《さがみ》の北条氏康《ほうじょううじやす》・氏政《うじまさ》父子《おやこ》の仲介《ちゅうかい》により、春《はる》は姫《ひめ》を連《つ》れ

て今川《いまがわ》へ帰《かえ》ることになりました。

（もう、駿府《すんぷ》へ戻《もど》ることはないと思《おも》っていたのに……）

聞《き》けば、信玄《しんげん》は春《はる》を帰《かえ》すことを渋《しぶ》り、今川氏真《いまがわうじざね》のほうから妹《いもうと》を引《ひ》き渡《わた》すようにとの旨《むね》をしたためた書状《しょじょう》を出《だ》せと言《い》ったようです。

（今川《いまがわ》のほうから同盟《どうめい》を破棄《はき》した、というかたちにしたいのね……。義父上《ちちうえ》の――あの信《しん》玄《げん》の考《かんが》えそうなことだわ）

一国《いっこく》の主《あるじ》たる者《もの》なら、そういった策略《さくりゃく》が必要《ひつよう》だということもわかります。だからといって、春《はる》は信玄《しんげん》のことを許《ゆる》すつもりはありません。

（信玄《しんげん》は義信様《よしのぶさま》の仇《かたき》……！　けれど、わたくしがいくら憎《にく》んでも、相手《あいて》はびくともしないでしょうね。ああ、悔《くや》しい……とても悔《くや》しいわ）

駿府《すんぷ》へ戻《もど》ってきた傷心《しょうしん》の春《はる》を、最初《さいしょ》にやさしく迎《むか》え入《い》れてくれたのは、祖母《そぼ》の寿桂尼《じゅけいに》です。

病《やまい》の身《み》を押《お》して起《お》き上《あ》がり、寿桂尼《じゅけいに》は孫娘《まごむすめ》を抱《だ》き寄《よ》せました。

「春《はる》……さぞ、つらかったでしょう。よく耐《た》えましたね」

「おばあ様《さま》……っ」

祖母《そぼ》の胸《むね》に顔《かお》を埋《うず》めて、春《はる》は泣《な》きました。

「おばあ様《さま》、申《もう》し訳《わけ》ありません……！　わたくし、今川《いまがわ》と武田《たけだ》の同盟《どうめい》のためにお嫁《よめ》に行《い》きましたのに……強《つよ》い絆《きずな》には……なれませんでした……」

「もう、いいのよ、春《はる》。そんなに泣《な》かないで」

寿桂尼《じゅけいに》がやさしく、春《はる》の背中《せなか》をさすります。

そのあたたかさが、父《ちち》・義元《よしもと》を亡《な》くしたときに夫《おっと》の義信《よしのぶ》がしてくれた仕草《しぐさ》を思《おも》い起《お》こさせて……春《はる》は声《こえ》を上《あ》げて泣《な》き崩《くず》れました。

その後《ご》の嶺松院《れいしょういん》

ひとり娘《むすめ》を連《つ》れて駿河《するが》へ戻《もど》った嶺松院《れいしょういん》（作中《さくちゅう》では春姫《はるひめ》）は髪《かみ》を切《き》り、出家《しゅっけ》したと言《い》われています。これは亡《な》き夫《おっと》・義信《よしのぶ》の菩提《ぼだい》を弔《とむら》うためだと思《おも》いますが、今川《いまがわ》の敵《てき》となった武田《たけだ》側《がわ》の人間《にんげん》を大《おお》っぴらに供養《くよう》することはできなかったと考《かんが》えられます。

同《おな》じようなことは、後年《こうねん》、豊臣秀頼《とよとみひでより》の正室《せいしつ》・千姫《せんひめ》の身《み》にも起《お》こっていますが、それはまた別《べつ》の機会《きかい》においておくとして、出家《しゅっけ》した嶺松院《れいしょういん》は「貞春尼《ていしゅんに》」と号《ごう》したようですので、ここから一字《じ》取《と》り、これまでのシリーズ及《およ》び今回《こんかい》の作中《さくちゅう》では「春姫《はるひめ》」と呼《よ》ぶことにしました。

さて、話《はなし》は戻《もど》って——。

嶺松院《れいしょういん》が駿河《するが》へ戻《もど》った翌年《よくとし》の永禄《えいろく》11年《ねん》（1568年《ねん》）3月《がつ》24日《か》、さらなる不幸《ふこう》が襲《おそ》いました。祖母《そぼ》の寿桂尼《じゅけいに》が亡《な》くなったのです。

今川派《いまがわは》だった義信《よしのぶ》の廃嫡《はいちゃく》に続《つづ》き、寿桂尼《じゅけいに》が亡《な》くなったことは、今川《いまがわ》にとって大《おお》きな痛手《いたで》でした。信玄《しんげん》は「あの尼《あま》が生《い》きているうちは、駿河《するが》を攻《せ》められない」と言《い》っていたほど、寿桂尼《じゅけいに》の存在《そんざい》を重要視《じゅうようし》していたのです。

一方《いっぽう》、氏真《うじざね》は義信《よしのぶ》の廃嫡《はいちゃく》に怒《おこ》って、甲斐《かい》への「塩止《しおど》め」を行《おこな》うなど、武田《たけだ》に対《たい》して制裁《せいさい》を加《くわ》え、妹《いもうと》が戻《もど》ってきた直後《ちょくご》からは、父《ちち》・義元《よしもと》の縁故《えんこ》を頼《たよ》って越後《えちご》の上杉謙信《うえすぎけんしん》に近《ちか》づき、武田《たけだ》に一矢報《いっしむく》いようとしていました。

が、その裏《うら》で、武田信玄《たけだしんげん》と徳川家康《とくがわいえやす》が密約《みつやく》を交《か》わし、同時《どうじ》に駿河《するが》と遠江《とおとうみ》に侵攻《しんこう》を開始《かいし》。結果的《けっかてき》に、今川《いまがわ》は滅亡《めつぼう》へと追《お》いやられていきます。

駿府《すんぷ》から追《お》われた氏真《うじざね》は流転《るてん》の人生《じんせい》を歩《あゆ》むことになりますが、嶺松院《れいしょういん》と娘《むすめ》は、しばらくは兄夫婦《あにふうふ》と行動《こうどう》をともにしていたと思《おも》われますので、このあとの話《はなし》でもそのように書《か》きました。

血《ち》のつながった叔父《おじ》でもある義父《ちち》の信玄《しんげん》が、家康《いえやす》と結託《けったく》して今川《いまがわ》を滅亡《めつぼう》に追《お》いやる様《さま》を、どのような気持《きも》ちで見《み》ていたのか――……。その心中《しんちゅう》は察《さっ》するに余《あま》りあります。

嶺松院《れいしょういん》は晩年《ばんねん》、江戸《えど》で過《す》ごしていたようで、慶長《けいちょう》17年《ねん》（1612年《ねん》）、江戸《えど》で亡《な》くなったと言《い》われていますが、娘《むすめ》のほうはどのような人生《じんせい》を送《おく》ったのか、残念《ざんねん》ながら、まったく伝《つた》わっていません。

戦国姫《せんごくひめ》

甲斐《かい》の武田《たけだ》から相模《さがみ》の北条《ほうじょう》へ嫁《とつ》いだ姫《ひめ》

黄梅院《おうばいいん》

――甲斐《かい》の虎《とら》と呼《よ》ばれた
名将《めいしょう》・武田信玄《たけだしんげん》の長女《ちょうじょ》――

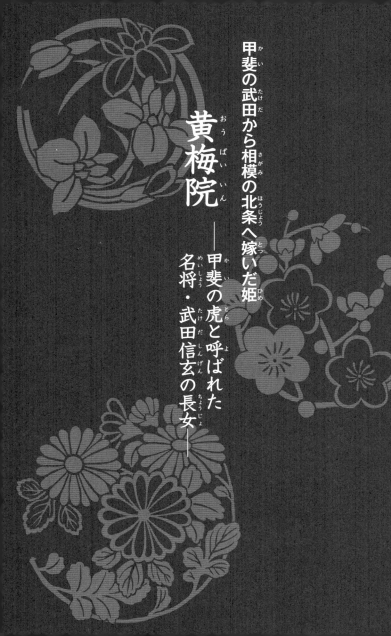

黄梅院《おうばいいん》（1543～1569）

1543年《ねん》（天文《てんぶん》12年《ねん》）	甲斐《かい》に生《う》まれる（1歳《さい》）
1554年《ねん》（天文《てんぶん》23年《ねん》）	北条氏《ほうじょうし》四代目《だいめ》・氏政《うじまさ》と結婚《けっこん》 相駿甲三国同盟成立《そうすんこうさんごくどうめいせいりつ》（12歳《さい》）
1562年《ねん》（永禄《えいろく》5年《ねん》）	北条氏《ほうじょうし》五代目《だいめ》・氏直《うじなお》を出産《しゅっさん》（20歳《さい》）
1568年《ねん》（永禄《えいろく》11年《ねん》）	相甲同盟《そうこうどうめい》、破綻《はたん》 氏政《うじまさ》と離縁《りえん》させられる（26歳《さい》）
1569年《ねん》（永禄《えいろく》12年《ねん》）	甲斐《かい》にて死去《しきょ》（27歳《さい》）

戦国姫《せんごくひめ》「黄梅院《おうばいいん》」関係図《かんけいず》

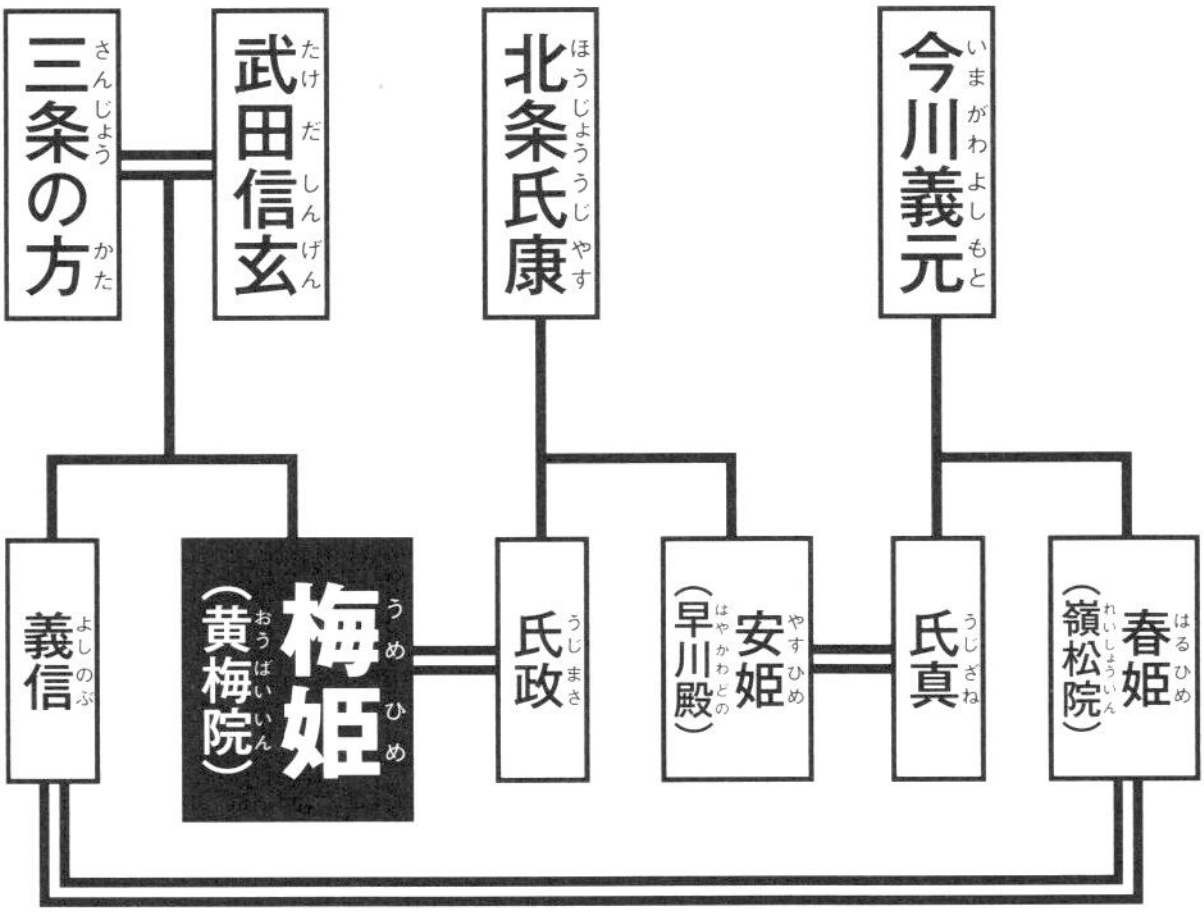

1　相模《さがみ》の北条《ほうじょう》に嫁《とつ》ぐ――天文《てんぶん》23年《ねん》（1554年《ねん》）――

甲斐国《かいのくに》・府中《ふちゅう》――。

天文《てんぶん》21年《ねん》（1552年《ねん》）4月《がつ》、武田家《たけだけ》の使者《ししゃ》として南《みなみ》の隣国《りんごく》・駿河《するが》へ行《い》っていた駒井高白斎《こまいこうはくさい》が帰国《きこく》し、当主《とうしゅ》・晴信《はるのぶ》（のちの信玄《しんげん》）に報告《ほうこく》に上《あ》がりました。

「これが今川義元殿《いまがわよしもとどの》から預《あず》かった親書《しんしょ》でございます。今年《ことし》の11月《がつ》には御息女《ごそくじょ》を必《かなら》ず武田《たけだ》に輿入《こしい》れさせると書《か》かれています」

義元直筆《よしもとじきひつ》の書状《しょじょう》を開《ひら》いて内容《ないよう》を確認《かくにん》すると、晴信《はるのぶ》は満足《まんぞく》げにうなずきました。

「うむ、いよいよだな」

かねてから進《すす》められていた晴信《はるのぶ》の嫡男《ちゃくなん》・太郎《たろう》（のちの義信《よしのぶ》）と今川《いまがわ》の春姫《はるひめ》（のちの嶺松院《れいしょういん》）の縁談《えんだん》が、婚儀《こんぎ》に向《む》けて本格的《ほんかくてき》に動《うご》き出《だ》したのです。

晴信《はるのぶ》の長女《ちょうじょ》・梅姫《うめひめ》（のちの黄梅院《おうばいいん》）は、兄《あに》の太郎《たろう》にさっそくお祝《いわ》いを述《の》べました。

「兄上《あにうえ》、おめでとうございます。お嫁様《よめさま》、どんな方《かた》かしら。早《はや》くお会《あ》いしたいわ」

「梅《うめ》、私《わたし》の妻《つま》はおまえの義姉上《あねうえ》になる方《かた》だ。仲良《なかよ》くしてくれよ」

大好《だいす》きな兄《あに》に頭《あたま》を撫《な》でられ、梅《うめ》は元気《げんき》よく「はい！」と答《こた》えました。

武田家《たけだけ》に駿河《するが》の今川《いまがわ》から嫁《よめ》をもらうことになったのは、政治的《せいじてき》な理由《りゆう》がありました。今川《いまがわ》には父《ちち》・晴信《はるのぶ》の姉《あね》――つまり、太郎《たろう》と梅《うめ》の伯母《おば》にあたる多恵姫《たえひめ》が「甲駿同盟《こうすんどうめい》」の証《あかし》として今川《いまがわ》の当主《とうしゅ》・義元《よしもと》に嫁《とつ》いでいました。しかし、二年前《ねんまえ》に亡《な》くなってしまったので、改《あらた》めて両家《りょうけ》の絆《きずな》を結《むす》ぶために、今度《こんど》は今川《いまがわ》から姫《ひめ》を迎《むか》えることになったのです。

そして、この年《とし》の11月《がつ》、約束《やくそく》どおり、春姫《はるひめ》が駿府《すんぷ》を発《た》って国境《くにざかい》を越《こ》えて甲斐《かい》へ入《はい》り、12月1日《がつついたち》に太郎《たろう》と結婚《けっこん》しました。

春姫《はるひめ》の花嫁行列《はなよめぎょうれつ》はとても豪華《ごうか》なもので、領民《りょうみん》たちが沿道《えんどう》に見物《けんぶつ》に出《で》、しばらくはその話《はなし》で持《も》ちきりになったほどです。

武田《たけだ》の本拠《ほんきょ》・躑躅ヶ崎館《つつじがさきやかた》で花嫁《はなよめ》を迎《むか》えた梅《うめ》と妹《いもうと》の清姫《きよひめ》（のちの見性院《けんしょういん》）も、そのときの様子《ようす》を思《おも》い出《だ》しては、ふたりではしゃいでいました。

「春姫様《はるひめさま》、本当《ほんとう》に素敵《すてき》だったわね」

「お着物《きもの》も綺麗《きれい》で、花嫁道具《はなよめどうぐ》も品《ひん》のいいものばかりだったわ」

「私《わたし》もあんなお嫁様《よめさま》になりたい！」

ふたりして頰《ほお》に手《て》をあて、夢見《ゆめみ》るようにうっとりした目《め》をしていると、はたと我《われ》に返《かえ》った清《きよ》が梅《うめ》にうらやましそうに言《い》いました。

「なれるわよ。だって姉上《あねうえ》にはもう、決《き》まった方《かた》がいらっしゃるんだから」

「ふふ、清《きよ》ったら」

急《きゅう》に恥《は》ずかしくなった梅《うめ》は、思《おも》わず袖《そで》で顔《かお》を覆《おお》いました。


実《じつ》は、梅《うめ》にも政治的《せいじてき》な理由《りゆう》での縁談《えんだん》が進《すす》んでいました。

相手《あいて》は東《ひがし》の隣国《りんごく》・相模《さがみ》を統《す》べる北条氏康《ほうじょううじやす》の嫡男《ちゃくなん》・新九郎氏政《しんくろううじまさ》です。

そして、年《とし》が明《あ》けて天文《てんぶん》22年《ねん》（1553年《ねん》）1月《がつ》から2月《がつ》にかけて、武田《たけだ》と北条《ほうじょう》の間《あいだ》で誓書《せいしょ》が交《か》わされ、父《ちち》・晴信《はるのぶ》は翌年《よくとし》、梅《うめ》を嫁《とつ》がせることを約束《やくそく》しました。

（私《わたし》もいよいよお嫁様《よめさま》になるのね！）

嫁《とつ》ぐのは一年以上《ねんいじょう》も先《さき》の話《はなし》なので梅《うめ》は待《ま》ちきれない気持《きも》ちでしたが、甲斐《かい》の守護《しゅご》・武田《たけだ》の名《な》に恥《は》じぬよう、花嫁修業《はなよめしゅぎょう》に精《せい》を出《だ》しました。母《はは》の三条《さんじょう》の方《かた》はもとは公家《くげ》の姫《ひめ》ですので、京《きょう》の文化《ぶんか》や慣習《かんしゅう》についても梅《うめ》は学《まな》びました。

「北条家《ほうじょうけ》の後継《あとつ》ぎの妻《つま》になるのですから、京《きょう》からのお客様《きゃくさま》をおもてなしすることもあるでしょう。そのときに恥《は》ずかしくないよう、指《ゆび》の先《さき》ひとつまで気《き》を抜《ぬ》いてはなりませんよ」

母《はは》の指導《しどう》は時折《ときおり》、厳《きび》しく感《かん》じることもありましたが、

(弱音《よわね》なんか吐《は》いてる暇《ひま》はないわ。私《わたし》も素敵《すてき》なお嫁様《よめさま》になるのだもの！)

春姫《はるひめ》の豪華《ごうか》な花嫁行列《はなよめぎょうれつ》やきらびやかな衣装《いしょう》を思《おも》い出《だ》し、梅《うめ》は日々《ひび》、励《はげ》むことができたのです。

しかも、兄夫婦《あにふうふ》はとても仲睦《なかむつ》まじく、ひともうらやむほどの熱々《あつあつ》ぶりでしたので、梅《うめ》は結婚《けっこん》にますますあこがれを抱《いだ》くようになりました。

(やっぱり私《わたし》も、義姉上《あねうえ》のようなお嫁様《よめさま》になりたい！)

そうして、あっという間《ま》に時《とき》が流《なが》れ——。

天文《てんぶん》23年《ねん》(1554年《ねん》)12月《がつ》、いよいよ梅《うめ》が相模《さがみ》の北条《ほうじょう》へ嫁《とつ》ぐ日《ひ》が近《ちか》づいてきました。

嫁《とつ》ぐ前《まえ》の晩《ばん》、梅《うめ》は父《ちち》・晴信《はるのぶ》と母《はは》・三条《さんじょう》の方《かた》に呼《よ》ばれました。

「梅《うめ》、おまえは武田《たけだ》と北条《ほうじょう》をつなぐ絆《きずな》となるのだ。頼《たの》むぞ」

「氏政様《うじまささま》の妻《つま》として、お支《ささ》え申《もう》し上《あ》げるのですよ」

「はい！　私《わたし》は母上《ははうえ》のような妻《つま》となり、母《はは》となります」

婚約《こんやく》が決《き》まった頃《ころ》はただ花嫁姿《はなよめすがた》にあこがれているだけだった梅《うめ》も、花嫁修業《はなよめしゅぎょう》を重《かさ》ねるうちに母《はは》の苦労《くろう》や素晴《すば》らしさがわかり、さらに尊敬《そんけい》を深《ふか》めていたのです。

「まあ、うれしいこと」

「梅《うめ》、おまえのしあわせを祈《いの》っておるぞ。さあ、おいで」

晴信《はるのぶ》が両手《りょうて》を広《ひろ》げますが、梅《うめ》は恥《は》ずかしそうに首《くび》を振《ふ》りました。

「やだ、父上《ちちうえ》。もう小《ちい》さな子《こ》どもではないのですよ？」

「なにを言《い》う。まだ数《かぞ》えで十二ではないか。さあ」

「ふふ、わかりました」

梅《うめ》は照《て》れながら、幼子《おさなご》のときのように父《ちち》の膝《ひざ》の上《うえ》に座《すわ》りました。

（あ、父上《ちちうえ》の匂《にお》い……）

その瞬間《しゅんかん》、たまらなくなつかしくなり、梅《うめ》は父《ちち》の太《ふと》くたくましい首《くび》に両腕《りょううで》を回《まわ》して、ぎゅっと抱《だ》きつきました。

晴信《はるのぶ》も愛《いと》おしげに梅《うめ》の髪《かみ》や背《せ》を、大《おお》きな手《て》でやさしく撫《な》でます。

「梅《うめ》……達者《たっしゃ》でな」

「……はい！」

大好《だいす》きな父《ちち》の匂《にお》いに包《つつ》まれながら、梅《うめ》は涙《なみだ》を堪《こら》えてうなずきました。

躑躅《つつじ》ヶ《が》崎館《さきやかた》を発《た》った花嫁行列《はなよめぎょうれつ》は、その数《かず》およそ一万《まん》人《にん》。たくさんの花嫁道具《はなよめどうぐ》や北条家《ほうじょうけ》への贈《おく》り物《もの》が入《はい》った長持《ながもち》は合《あ》わせて四十二棹《さお》、付《つ》き従《したが》う騎馬武者《きばむしゃ》は三十騎《き》。

そして、なによりも豪華《ごうか》なのは花嫁《はなよめ》の乗《の》る輿《こし》です。

この長大《ちょうだい》で壮麗《そうれい》な花嫁行列《はなよめぎょうれつ》を見《み》に、沿道《えんどう》にはたくさんの見物人《けんぶつにん》が詰《つ》めかけました。

「武田《たけだ》のお姫様《ひめさま》が相模《さがみ》の北条《ほうじょう》へお嫁《よめ》に行《い》くそうな」

「たいしたものだねえ、こんなにすごい花嫁行列《はなよめぎょうれつ》は見《み》たことがないよ」

「夢《ゆめ》でも見《み》ているんじゃないかねえ」

晴信《はるのぶ》は愛娘《まなむすめ》のために、今川《いまがわ》から春姫《はるひめ》が嫁《とつ》いできたときの支度《したく》より素晴《すば》らしいものを、と考《かんが》え、このように贅《ぜい》を尽《つ》くした行列《ぎょうれつ》を仕立《した》てたのです。

もちろん、これは武田《たけだ》の力《ちから》を誇示《こじ》するという戦略《せんりゃく》のひとつでしたが、なによりも晴信《はるのぶ》が長女《ちょうじょ》の梅《うめ》を溺愛《できあい》していることの表《あらわ》れでもありました。

そうして、東《ひがし》へと進《すす》んだ行列《ぎょうれつ》は国境《くにざかい》に差《さ》しかかり、花嫁《はなよめ》の受《う》け渡《わた》しが上野原《うえのはら》にて行《おこな》われました。

対《たい》する北条《ほうじょう》の迎《むか》えは五千《せん》。梅《うめ》ひとりのために、なんと武田《たけだ》と北条《ほうじょう》を合《あ》わせて一万《まん》五千人《せんにん》もの人々《ひとびと》がかかわっていたのです。

(すごいわ！　私《わたし》のために、こんなにたくさんの人《ひと》たちが！)

国境《くにざかい》を越《こ》えて相模《さがみ》に入《はい》ってからも、沿道《えんどう》の見物人《けんぶつにん》は絶《た》えず、花嫁行列《はなよめぎょうれつ》は粛々《しゅくしゅく》と進《すす》み……

大勢《おおぜい》の人《ひと》たちが見守《みまも》る中《なか》、梅《うめ》は小田原城《おだわらじょう》に入《はい》りました。

北条《ほうじょう》の本拠《ほんきょ》である小田原《おだわら》は相模湾《さがみわん》に面《めん》した大《おお》きな町《まち》です。山《やま》もありますが、甲斐《かい》と違《ちが》って海《うみ》が見《み》えるのが実《じつ》に新鮮《しんせん》で、

「海《うみ》が近《ちか》くて、あたたかなところね！」

梅《うめ》は小田原《おだわら》がすっかり気《き》に入《い》ったのです。

北条《ほうじょう》の人《ひと》たちもあたたかく梅《うめ》を迎《むか》えてくれ、祝宴《しゅくえん》は終始《しゅうし》にぎやかに催《もよお》されました。

「梅姫様《うめひめさま》はとても愛《あい》らしいのう」

「新九郎様《しんくろうさま》と似合《にあ》いの夫婦《ふうふ》じゃ！」

「いやあ、めでたい、めでたい！」

「これで後継《あとつ》ぎに恵《めぐ》まれれば、北条《ほうじょう》と武田《たけだ》の絆《きずな》はますます固《かた》くなるというもの」

北条《ほうじょう》の若様《わかさま》と梅《うめ》の結婚《けっこん》を喜《よろこ》ぶ言葉《ことば》が次々《つぎつぎ》と飛《と》び交《か》い、

（みんな、こんなに喜《よろこ》んでくれてうれしい！　早《はや》く子《こ》どもを産《う》んで、みんなにもっともっと喜《よろこ》んでもらいたいわ）

と梅《うめ》もうれしさで胸《むね》がいっぱいになったのですが——。

ひとつ、気《き》がかりなことがありました。

肝心《かんじん》の花婿《はなむこ》――新九郎氏政《しんくろううじまさ》がなぜか不機嫌《ふきげん》なままなのです。

酔《よ》いの回《まわ》った家臣《かしん》のひとりが、

「さあ、新九郎様《しんくろうさま》も」

と酒《さけ》を注《つ》ぎにきたときは、ますますムッとした顔《かお》で、

「……その名《な》で呼《よ》ぶな」

「はっ、失礼《しつれい》しました。氏政様《うじまささま》、ささ」

と家臣《かしん》があわてて名前《なまえ》を言《い》い直《なお》し、盃《さかずき》に酒《さけ》を注《つ》ぎました。

梅《うめ》は花嫁《はなよめ》として慎《つつ》ましくうつむいていましたが、氏政《うじまさ》の纏《まと》う空気《くうき》がピリピリしているのがわかります。

(氏政様《うじまささま》は、武田《たけだ》の姫《ひめ》と結婚《けっこん》するのが本当《ほんとう》は嫌《いや》だったのかしら……?)

花嫁《はなよめ》にあこがれ、この日《ひ》をめでたく迎《むか》えた梅《うめ》にとって、これは見過《みす》ごせないことでした。

ですので、その晩《ばん》、寝所《しんじょ》でふたりきりになったとき、梅《うめ》は思《おも》い切《き》って氏政《うじまさ》に切《き》り出《だ》しました。

「氏政様《うじまささま》は、私《わたし》のなにが気《き》に入《い》らないのですか」

「え……？」

目《め》をぱちくりさせる氏政《うじまさ》に、梅《うめ》は続《つづ》けます。

「祝言《しゅうげん》の間《あいだ》も宴《うたげ》のときも、ずーっと、つまらなそうな顔《かお》をしておいででした。私《わたし》はあなた様《さま》と兄夫婦《あにふうふ》のような仲睦《なかむつ》まじい夫婦《ふうふ》になるのを楽《たの》しみにして、小田原《おだわら》まで来《き》たのです。なのに、あなた様《さま》がそんな様子《ようす》では……。さあ、はっきりおっしゃってください。直《なお》せるものなら直《なお》しますから！」

勢《いきお》い込《こ》んで身《み》を乗《の》り出《だ》すと、氏政《うじまさ》は少《すこ》し背《せ》をのけぞらせてから、観念《かんねん》して口《くち》を開《ひら》きました。

「そなたは本当《ほんとう》なら、私《わたし》の兄《あに》に嫁《とつ》ぐはずだったのだ」

甲斐《かい》と相模《さがみ》の同盟《どうめい》の話《はなし》は、いきなり決《き》まったものではなく、数年前《すうねんまえ》から徐々《じょじょ》に進《すす》められていた話《はなし》です。

北条家《ほうじょうけ》は最初《さいしょ》、当主《とうしゅ》・氏康《うじやす》の長男《ちょうなん》・新九郎氏親《しんくろううじちか》の嫁《よめ》に梅《うめ》を、と考《かんが》えていました。が、その氏親《うじちか》は天文《てんぶん》21年《ねん》（１５５２年《ねん》）３月《がつ》に早逝《そうせい》。そのため、二歳下《さいした》で次男《じなん》の松千代《まつちよ》丸《まる》が元服《げんぷく》し、北条家《ほうじょうけ》に代々《だいだい》伝《つた》わる嫡男《ちゃくなん》の仮名《けみょう》の新九郎《しんくろう》を継《つ》いで、名《な》を氏政《うじまさ》としました。そして改《あらた》めて婚約話《こんやくばなし》が進《すす》み――今《いま》に至《いた》るのでした。

梅《うめ》も当然《とうぜん》その話《はなし》は知《し》っていましたが、早《はや》くに亡《な》くなった氏親《うじちか》をかわいそうに思《おも》いこそすれ、当時《とうじ》、十歳《さい》の梅《うめ》は相手《あいて》が氏政《うじまさ》に代《か》わったからといって特《とく》に不満《ふまん》に思《おも》うこともなかったのです。それは、武田《たけだ》にとって相手《あいて》が北条家《ほうじょうけ》の嫡男《ちゃくなん》であれば問題《もんだい》なかったからですが……。

こうして氏政《うじまさ》の顔《かお》を見《み》ていると、梅《うめ》はその当時《とうじ》の自分《じぶん》の考《かんが》えが浅《あさ》かったことを知《し》りました。大切《たいせつ》な家族《かぞく》が死《し》ぬことが、どれだけ悲《かな》しいことか、その頃《ころ》はよくわかっていなかったのです。

そんな梅《うめ》も、最初《さいしょ》の婚約者《こんやくしゃ》だった氏親《うじちか》が亡《な》くなってから二か月後《げつご》に祖母《そぼ》・大井《おおい》の方《かた》を亡《な》くして、家族《かぞく》を失《うしな》う悲《かな》しみを味《あじ》わいました。それを思《おも》い出《だ》すと、氏政《うじまさ》の気持《きも》ちもわかるような気《き》がしてきて――。

（この方《かた》は私《わたし》のことが気《き》に食《く》わないわけじゃないのね。本当《ほんとう》なら兄《あに》に嫁《とつ》ぐはずだった私《わたし》と結婚《けっこん》していいものか……と悩《なや》んでいらしたんだわ）

新九郎《しんくろう》と呼《よ》ばれるのに不機嫌《ふきげん》な顔《かお》をしたのも、きっとそういう理由《りゆう》からでしょう。兄《あに》と同《おな》じ名《な》で呼《よ》ばれていいものか、と氏政《うじまさ》の心《こころ》の中《なか》にまだ迷《まよ》いがあるのです。

「氏政様《うじまささま》は、兄上《あにうえ》をお慕《した》いしていたのですね……」

梅《うめ》のつぶやきに、氏政《うじまさ》は顔《かお》を上《あ》げました。

「む？　そなたになにがわかるというのだ」

「わかります。私《わたし》にも兄《あに》がおりますもの。もし兄《あに》が死《し》んだら……私《わたし》は悲《かな》しくて悲《かな》しくて、しばらくはなにもできなくなると思《おも》います」

「そうか……」

梅《うめ》の言葉《ことば》に、氏政《うじまさ》の心《こころ》が動《うご》いたようでした。やはり、本当《ほんとう》はやさしい心根《こころね》の持《も》ち主《ぬし》のようです。

「私《わたし》、氏政様《うじまささま》のことが好《す》きになりました！」

梅《うめ》が思《おも》わずそう言《い》うと、氏政《うじまさ》が「えっ」と目《め》を丸《まる》くしました。

「わ、私《わたし》のことを、す、好《す》きになった……？」

「はい！　私《わたし》たちは武田《たけだ》と――いえ、北条《ほうじょう》と武田《たけだ》の同盟《どうめい》の証《あかし》として結婚《けっこん》しました。両家《りょうけ》の絆《きずな》のため……というのは、もちろん忘《わす》れてはならない大切《たいせつ》なことですが、私《わたし》はあなた様《さま》の良《よ》き妻《つま》、そして、これから生《う》まれるであろう子《こ》どもたちの良《よ》き母《はは》となるために、小田原《おだわら》まで来《き》たのです。ですから、あなた様《さま》も私《わたし》を好《す》きになってください。そして、良《よ》き夫婦《ふうふ》となりましょう」

はっきりこう言《い》った梅《うめ》を、氏政《うじまさ》はしばらく驚《おどろ》いた顔《かお》で見《み》ていましたが――。

しばらくして、大《おお》きな声《こえ》で笑《わら》い出《だ》しました。

「ははは！　おもしろい！　〝甲斐《かい》の虎《とら》〟の娘《むすめ》は豪胆《ごうたん》だな。気《き》に入《い》った！　そなたとなら、この先《さき》も楽《たの》しくやっていけそうだ」

「はい、よろしくお願《ねが》いします！」

そうして、梅《うめ》と氏政《うじまさ》はかたちの上《うえ》だけでなく、心《こころ》から夫婦《ふうふ》になったのです。

梅《うめ》は十二歳《さい》、氏政《うじまさ》は十六歳《さい》の、冬《ふゆ》のことでした。

❖北条氏政《ほうじょううじまさ》という人《ひと》❖

戦国時代《せんごくじだい》は医療《いりょう》も発達《はったつ》しておらず、乳幼児《にゅうようじ》の死亡率《しぼうりつ》はかなり高《たか》かったそうです。ですので、先祖《せんぞ》から受《う》け継《つ》いだ家《いえ》を残《のこ》すことを大事《だいじ》に考《かんが》えていた武将《ぶしょう》たちは正室《せいしつ》だけでなく側室《そくしつ》を置《お》き、たくさんの子《こ》どもを産《う》ませ、御家断絶《おいえだんぜつ》の危機《きき》に備《そな》えました。

そうした事情《じじょう》もあり、次男《じなん》の氏政《うじまさ》は長男《ちょうなん》に〝もしも〟のことがあった場合《ばあい》の〝スペア〟として育《そだ》てられたのです。そんな氏政《うじまさ》には、彼《かれ》にまつわる有名《ゆうめい》な話《はなし》があります。

氏政《うじまさ》はご飯《はん》に味噌汁《みそしる》をかけるのが大好《だいす》きだったのですが、あるとき、二度《ど》、汁《しる》をご飯《はん》にかけて食《た》べていたところ、父《ちち》の氏康《うじやす》がそれを見《み》て、「飯《めし》にかける汁《しる》の量《りょう》が一度《いちど》でわからぬとは、北条《ほうじょう》もわしの代《だい》で終《お》わりか」と嘆《なげ》いたそうです。

氏政《うじまさ》はのちに秀吉《ひでよし》に攻《せ》められ、北条滅亡《ほうじょうめつぼう》を招《まね》いてしまうのですが、これはその歴史的事実《れきしてきじじつ》に沿《そ》って作《つく》られた、後世《こうせい》の作《つく》り話《ばなし》だと思《おも》われます。

2 梅《うめ》、母《はは》となる
——弘治元年《こうじがんねん》(1555年《ねん》)——

梅《うめ》が北条《ほうじょう》へ嫁《とつ》いだ翌年《よくとし》の天文《てんぶん》24年《ねん》(1555年《ねん》)5月《がつ》、夫《おっと》・氏政《うじまさ》が初陣《ういじん》を飾《かざ》ることになりました。

戦《いくさ》に向《む》かうのは相模《さがみ》より東《ひがし》の房総方面《ぼうそうほうめん》です。

北条《ほうじょう》が東《ひがし》の攻略《こうりゃく》に専念《せんねん》できるのは、「相駿甲三国同盟《そうすんこうさんごくどうめい》」のおかげでした。同盟《どうめい》を結《むす》んでいる甲斐《かい》や駿河《するが》に攻《せ》められる心配《しんぱい》がないので、心置《こころお》きなく戦《たたか》うことができるのです。

「では、行《い》ってくる。くれぐれも身体《からだ》に気《き》をつけるのだぞ」

「はい、氏政様《うじまささま》。お腹《なか》の子《こ》とともに、無事《ぶじ》のお帰《かえ》りを待《ま》っております」

梅《うめ》はお腹《なか》に手《て》をあて、夫《おっと》を送《おく》り出《だ》しました。結婚《けっこん》してまもなく、身《み》ごもったのです。

子《こ》ができたとわかったとき、北条家《ほうじょうけ》の人《ひと》たちは大喜《おおよろこ》びしました。

「嫁《とつ》いですぐに身《み》ごもるとは、なんとめでたい！」

「うんと食《た》べて、元気《げんき》な子《こ》を産《う》むのですよ」

義父《ちち》の氏康《うじやす》と義母《はは》の照姫《てるひめ》が喜《よろこ》ぶ顔《かお》を見《み》て、早《はや》くも嫁《よめ》としての仕事《しごと》をなしたことを、梅《うめ》は少《すこ》し誇《ほこ》らしく思《おも》いました。

小田原《おだわら》は目《め》の前《まえ》が海《うみ》なので、栄養豊《えいようゆた》かな魚介類《ぎょかいるい》がたくさん手《て》に入《はい》ります。梅《うめ》は日々《ひび》、お腹《なか》の子《こ》のためにおいしいものを食《た》べ、滋養《じよう》をつけ……。

そして、11月8日《がつようか》、梅《うめ》は無事《ぶじ》に男児《だんじ》を出産《しゅっさん》しました。

「おお、これが私《わたし》の子《こ》か。小《ちい》さくてかわいらしい」

初《はじ》めての自分《じぶん》の子《こ》を、とまどいながらも氏政《うじまさ》が抱《だ》き、目《め》を細《ほそ》めます。

「梅《うめ》、よくやった。そなたは無理《むり》せず、ゆっくり休《やす》むといい」

「ありがとうございます、氏政様《うじまささま》」

大《おお》きな仕事《しごと》を成《な》し遂《と》げたことも誇《ほこ》らしかったですが、梅《うめ》はなによりも愛《あい》する夫《おっと》との間《あいだ》にできた子《こ》どもが、こんなに愛《いと》おしいものだということを初《はじ》めて知《し》りました。

(父上《ちちうえ》と母上《ははうえ》も、兄上《あにうえ》が生《う》まれたときはこんな感《かん》じだったのかしら)

ふと、甲斐《かい》にいる両親《りょうしん》のことを思《おも》い出《だ》し、梅《うめ》は胸《むね》があたたかくなりました。それと同時《どうじ》に親《おや》の愛《あい》がいかに深《ふか》いものであるかを知《し》ったのです。

「早《はや》くも後継《あとつ》ぎに恵《めぐ》まれるとは！」

「これで北条《ほうじょう》は安泰《あんたい》じゃ！」

五代目《だいめ》を継《つ》ぐ男児《だんじ》の誕生《たんじょう》に、北条家《ほうじょうけ》の人《ひと》たちは喜《よろこ》びに沸《わ》き、皆《みな》、大《おお》いに酒《さけ》を酌《く》み交《か》わし、踊《おど》りを踊《おど》って歌《うた》を歌《うた》い、祝《いわ》いに祝《いわ》いました。

けれど、この子《こ》は生《う》まれてまもなく、亡《な》くなってしまったのです。

北条《ほうじょう》に嫁《とつ》いで三年《ねん》後《ご》の弘治《こうじ》３年《ねん》（１５５７年《ねん》）。

梅《うめ》は、ふたたび身《み》ごもりました。

（やっと……やっとだわ。どうか男子《おのこ》でありますように）

うれしさ半分《はんぶん》、怖《こわ》さ半分《はんぶん》といった感《かん》じで、梅《うめ》はお腹《なか》に手《て》をあてます。出産予定《しゅっさんよてい》は来年《らいねん》の弘治《こうじ》４年《ねん》（１５５８年《ねん》）です。

（この子《こ》は大丈夫《だいじょうぶ》かしら。無事《ぶじ》に生《う》まれてきてくれるかしら。生《う》まれたあとも、元気《げんき》で育《そだ》ってくれるかしら……）

最初《さいしょ》に産《う》んだ子《こ》が亡《な》くなったときのことを思《おも》い出《だ》すと、今《いま》でも涙《なみだ》が出《で》てきます。夫《おっと》の氏《うじ》政《まさ》をはじめ、家中《かちゅう》の者《もの》たち皆《みな》が悲嘆《ひたん》に暮《く》れたときのことを考《かんが》えると、また同《おな》じことになったらどうしよう、と怖《こわ》くなるのです。

「梅《うめ》、今《いま》は元気《げんき》な子《こ》を産《う》むことだけを考《かんが》えよ」

氏政《うじまさ》は忙《いそが》しい合間《あいま》を縫《ぬ》って、梅《うめ》を見舞《みま》ってはやさしい言葉《ことば》をかけてくれます。

梅《うめ》の身体《からだ》を心配《しんぱい》しているのは、なにも北条《ほうじょう》の人《ひと》たちだけではありませんでした。梅《うめ》を溺愛《できあい》していた甲斐《かい》の父《ちち》・武田晴信《たけだはるのぶ》も神《かみ》に祈《いの》っていたのです。

この年《とし》の11月《がつ》19日《にち》に晴信《はるのぶ》が安産《あんざん》の神《かみ》・富士御室浅間神社《ふじおむろせんげんじんじゃ》に奉納《ほうのう》した願文《がんもん》は、次《つぎ》のようなものでした。

無事《ぶじ》に安産《あんざん》となり無病息災《むびょうそくさい》となれば、その御礼《おれい》に来年《らいねん》の6月《がつ》より長期間《ちょうきかん》、船津《ふなづ》の関所《せきしょ》の通行税《つうこうぜい》の徴収《ちょうしゅう》をやめて開放《かいほう》します。どうか願《ねが》いを叶《かな》えてください。

(父上《ちちうえ》……ありがとうございます)

梅《うめ》はとても勇気《ゆうき》づけられ、父《ちち》の深《ふか》い愛《あい》を感《かん》じ、うれしくて泣《な》きました。

そして予定《よてい》より早《はや》く、お腹《なか》の子《こ》は年《とし》が明《あ》ける前《まえ》に生《う》まれ――。

「……おぎゃあ！　おぎゃあ！」

産声《うぶごえ》を聞《き》いたとき、梅《うめ》はほっとしました。

(無事《ぶじ》に生《う》まれてくれた！　父上《ちちうえ》や皆《みな》の願《ねが》いが神《かみ》に届《とど》いたのね！)

けれど、

「かわいらしい姫様《ひめさま》でございます！」

という侍女《じじょ》の声《こえ》を聞《き》いたとき、瞬《またた》く間《ま》に不安《ふあん》のほうが大《おお》きくなりました。

「えっ……姫《ひめ》……？」

皆《みな》、後継《あとつ》ぎの男児《だんじ》が生《う》まれることを待《ま》ち望《のぞ》んでいたので、梅《うめ》はまず氏政《うじまさ》や北条家《ほうじょうけ》の人《ひと》たちに対《たい》して申《もう》し訳《わけ》なく思《おも》ったのです。

出産後《しゅっさんご》、氏政《うじまさ》が見舞《みま》いに訪《おとず》れたとき、

「すみません、男子《おのこ》と思《おも》うておりましたのに……」

梅《うめ》があやまると、氏政《うじまさ》は横《よこ》になっている妻《つま》の手《て》を取《と》り、

「そう気《き》にするな。男子《おのこ》はいつか産《う》めばよい。愛《あい》らしい姫《ひめ》ではないか。無事《ぶじ》に産《う》んでくれて礼《れい》を言《い》うぞ、梅《うめ》」

「氏政様《うじまささま》……」

夫《おっと》のやさしさに梅《うめ》は涙《なみだ》し、我《わ》が子《こ》を見《み》つめる氏政《うじまさ》のまなざしに、

(私《わたし》が生《う》まれたとき、父上《ちちうえ》もこんなふうに慈愛《じあい》あふれる目《め》で見《み》つめてくれたのかしら)

と思《おも》い、甲斐《かい》にいる父《ちち》に深《ふか》く感謝《かんしゃ》したのです。

❖父《ちち》の愛《あい》は本当《ほんとう》か❖

子煩悩《こぼんのう》でも知《し》られる名将《めいしょう》・武田信玄《たけだしんげん》。長女《ちょうじょ》の黄梅院《おうばいいん》の懐妊《かいにん》・出産時《しゅっさんじ》に関《かん》する願文《がんもん》は、現在《げんざい》四通《つう》確認《かくにん》されています。

たとえば、②の願文《がんもん》は「無事《ぶじ》に生《う》まれてきて百歳《ひゃくさい》の寿命《じゅみょう》を与《あた》えてくれれば、近年《きんねん》の献納《けんのう》のほか、毎年黄金《まいとしおうごん》五両《りょう》ずつを加《くわ》えて奉納《ほうのう》します」、③は「僧《そう》を集《あつ》めて読経《どきょう》させ神馬《しんめ》を奉納《ほうのう》する」、④は「来《らい》年《ねん》の4月《がつ》から黒駒《くろこま》の関所《せきしょ》を開放《かいほう》する」などと書《か》いてあり、いずれも信玄《しんげん》の溺愛《できあい》ぶりが伝《つた》わってくる、と言《い》われています。

が、これは信玄《しんげん》の北条氏《ほうじょうし》に対《たい》する戦略《せんりゃく》ではないか、と考《かんが》える研究者《けんきゅうしゃ》もいます。つまり、同盟《どうめい》を維持《いじ》する上《うえ》で「そちらの家《いえ》の繁栄《はんえい》も私《わたし》は願《ねが》っていますよ」とアピールしているというわけです。

そう考《かんが》えると少《すこ》しさみしいですが……。ちなみに、関所《せきしょ》は約束《やくそく》どおり、開放《かいほう》されたと言《い》われています。

3　小田原城籠城戦《おだわらじょうろうじょうせん》
――永禄《えいろく》4年《ねん》（1561年《ねん》）――

永禄《えいろく》2年《ねん》（1559年《ねん》）12月《がつ》23日《にち》。氏政《うじまさ》は父《ちち》・氏康《うじやす》より家督《かとく》を譲《ゆず》られ、北条家《ほうじょうけ》四代目《だいめ》の当主《とうしゅ》になりました。

これは弘治《こうじ》3年《ねん》（1557年《ねん》）から飢饉《ききん》が続《つづ》いており、当主《とうしゅ》を代替《だいが》わりすることで〝新《あら》たによい国《くに》を作《つく》っていく〟という世間《せけん》への意思表示《いしひょうじ》でもありました。

「四代目《だいめ》は数《かぞ》えで二十一か」

「新《あたら》しい御当主様《ごとうしゅさま》のもと、きっとよくなるに違《ちが》いない」

領民《りょうみん》たちの気持《きも》ちは明《あか》るくなり、飢饉続《ききんつづ》きで重《おも》くなっていた空気《くうき》も、だいぶ払拭《ふっしょく》されたようです。

が――梅《うめ》は夫《おっと》が家督《かとく》を継《つ》いだことを喜《よろこ》ぶ一方《いっぽう》で、

(早《はや》く五代目《だいめ》を……と、皆《みな》、思《おも》っているわよね。後継《あとつ》ぎを産《う》まなければ、私《わたし》が嫁《よめ》に来《き》た意《い》味《み》がない)

長女《ちょうじょ》はかわいいですが、やはり、できるだけ早《はや》く男児《だんじ》を産《う》みたいと梅《うめ》は思《おも》っていました。

(このまま男子《おのこ》ができなければ、氏政様《うじまささま》に側室《そくしつ》を、という話《はなし》も出《で》てくるかも……)

子孫繁栄《しそんはんえい》のために側室《そくしつ》を持《も》つ、というのは仕方《しかた》のない話《はなし》ですが、梅《うめ》にはまだ受《う》け入《い》れられそうにありません。

甲斐《かい》からともに小田原《おだわら》へ来《き》た乳母《うば》や侍女《じじょ》たちは、

「姫様《ひめさま》はまだ十七。焦《あせ》る必要《ひつよう》はございません」

「むしろ、女《おんな》ざかりはこれからですよ」

と、なぐさめたり励《はげ》ましたりしてくれますが、十三で最初《さいしょ》の子《こ》を産《う》んだ梅《うめ》にとって、この四年《ねん》という時間《じかん》はとても長《なが》く感《かん》じられてしまったのです。

梅《うめ》が女《おんな》として焦《あせ》る一方《いっぽう》で、夫《おっと》の氏政《うじまさ》も当主《とうしゅ》として焦《あせ》りを感《かん》じていました。

家督《かとく》を譲《ゆず》られたとはいえ、政《まつりごと》も軍事《ぐんじ》も父《ちち》・氏康《うじやす》が掌握《しょうあく》していたからです。

(〝相模《さがみ》の獅子《しし》〟と謳《うた》われた父上《ちちうえ》に、若僧《わかぞう》の私《わたし》がすぐにでも並《なら》び立《た》てるわけがない。それはわかっているが――)

氏政《うじまさ》は翌年《よくとし》の永禄《えいろく》3年《ねん》(1560年《ねん》)5月《がつ》、安房《あわ》・上総《かずさ》の大名《だいみょう》、里見義堯《さとみよしたか》の久留里城《くるりじょう》へ北条家《ほうじょうけ》の当主《とうしゅ》として初《はじ》めて出陣《しゅつじん》しましたが、総大将《そうだいしょう》は氏康《うじやす》でした。父《ちち》のそばで戦《いくさ》を見《み》て、肌《はだ》で感《かん》じ取《と》れ、という氏康《うじやす》なりの教《おし》えなのです。

(今《いま》は父上《ちちうえ》のもとで学《まな》び、地道《じみち》に力《ちから》をつけていくしかない)

そう思《おも》っていた氏政《うじまさ》でしたが、強大《きょうだい》な敵《てき》が目《め》の前《まえ》に現《あらわ》れました。

越後《えちご》の上杉景虎《うえすぎかげとら》(のちの上杉謙信《うえすぎけんしん》)です。

氏康《うじやす》が出陣《しゅつじん》した数多《かずおお》い戦《いくさ》の中《なか》でも、見事《みごと》な奇襲作戦《きしゅうさくせん》で勝利《しょうり》を収《おさ》めたことで名高《なだか》い「河越《かわごえ》夜戦《よいくさ》」(天文《てんぶん》15年《ねん》/1546年《ねん》)があります。

この戦《いくさ》で関東《かんとう》を逃《に》げ出《だ》すはめになった元関東管領《もとかんとうかんれい》・上杉憲政《うえすぎのりまさ》が越後《えちご》へ逃《のが》れて、義《ぎ》に厚《あつ》い景虎《かげとら》の庇護《ひご》を求《もと》め、「関東管領《かんとうかんれい》の職《しょく》を譲《ゆず》る」と約束《やくそく》し、景虎《かげとら》を養子《ようし》にして上杉姓《うえすぎせい》を与《あた》えました。

関東管領《かんとうかんれい》とは、幕府《ばくふ》が関東《かんとう》に置《お》いた鎌倉公方《かまくらくぼう》の補佐役《ほさやく》のことで、平《ひら》たくいえば、関東全域《かんとうぜんいき》を統括《とうかつ》する職《しょく》です。

景虎《かげとら》は〝関東管領《かんとうかんれい》の名《な》のもとに〟上野《こうずけ》、武蔵《むさし》、相模《さがみ》を取《と》り戻《もど》すべく、永禄《えいろく》3年《ねん》（1560年《ねん》）9月《がつ》に挙兵《きょへい》したのでした。

「景虎《かげとら》め、武田《たけだ》と川中島《かわなかじま》で戦《たたか》っていればよいものを――」

関東管領《かんとうかんれい》・上杉憲政《うえすぎのりまさ》を奉《ほう》じて越後《えちご》から上野《こうずけ》に入《はい》った景虎《かげとら》は、北条方《ほうじょうがた》の城《しろ》を攻《せ》めつつ南下《なんか》したのですが、その間《かん》に上杉《うえすぎ》に寝返《ねがえ》る者《もの》が続出《ぞくしゅつ》したのです。

そして、翌年《よくとし》の永禄《えいろく》4年《ねん》（1561年《ねん》）3月《がつ》、小田原城《おだわらじょう》は十一万《まん》もの大軍《たいぐん》に囲《かこ》まれてしまいました。

「このような数《かず》が押《お》し寄《よ》せるとは――」

「青《あお》い顔《かお》をするでない、氏政《うじまさ》。おまえならどうする？」

「え……」

氏政《うじまさ》は思《おも》わず父《ちち》の顔《かお》を見《み》ました。氏康《うじやす》の顔《かお》には向《む》こう傷《きず》がふたつ。身体《からだ》には七か所《しょ》あると言《い》われています。

向《む》こう傷《きず》とは、敵《てき》と戦《たたか》って身体《からだ》の前面《ぜんめん》に負《お》った傷《きず》のこと。氏康《うじやす》は一度《いちど》も敵《てき》に背《せ》を向《む》けたことがないという証《あかし》で、北条家《ほうじょうけ》の家臣《かしん》や領民《りょうみん》たちはこれを「氏康疵《うじやすきず》」と呼《よ》んで、誇《ほこ》りに思《おも》っていました。

このように猛将《もうしょう》で知《し》られる父《ちち》が、自分《じぶん》の意見《いけん》を求《もと》めてくれたのです。

(北条家当主《ほうじょうけとうしゅ》としての意見《いけん》を、ということか。ならば――)

氏政《うじまさ》は父《ちち》の目《め》を見《み》て、自分《じぶん》の思《おも》うところを述《の》べました。

「籠城《ろうじょう》するしかありません。討《う》って出《で》ても、味方《みかた》の犠牲《ぎせい》を増《ふ》やすだけです」

すると、これを聞《き》いていた大叔父《おおおじ》・幻庵《げんあん》が氏康《うじやす》を見《み》ました。幻庵《げんあん》は初代《しょだい》・北条早雲《ほうじょうそううん》の息子《むすこ》でこれまで四代《だい》にわたる北条《ほうじょう》の歴史《れきし》を見《み》てきた、生《い》き字引《じびき》のような人物《じんぶつ》です。

「氏康《うじやす》、そちならどうするのだ? 今《いま》まで数少《かずすく》ない兵《へい》で大軍《たいぐん》を何度《なんど》も討《う》ち破《やぶ》ったそちのこと。やはり、いずれ討《う》って出《で》るのか?」

「いえ、氏政《うじまさ》の言《い》うとおり、籠城戦《ろうじょうせん》がよいでしょうな。小田原城《おだわらじょう》は堅固《けんご》な城《しろ》。町《まち》も畑《はたけ》も抱《かか》え込《こ》んでおりますし、飢《う》え死《じ》にすることはまずない。敵《てき》が飽《あ》きて勝手《かって》に引《ひ》いていくのを待《ま》てばよいでしょう」

そうして、氏康《うじやす》は息子《むすこ》に向《む》き直《なお》りました。

「これで北条《ほうじょう》の方針《ほうしん》は決《き》まったな」

「はい！」

こうして、北条《ほうじょう》は籠城《ろうじょう》を決め込《こ》み、出陣《しゅつじん》したときのことを考え、後詰《ごづめ》を頼《たの》みたいと同盟《どうめい》を結《むす》んでいる武田《たけだ》に求《もと》めました。駿河《するが》の今川氏真《いまがわうじざね》も前年《ぜんねん》の「桶狭間《おけはざま》の戦《たたか》い」（永禄《えいろく》3年《ねん》／1560年《ねん》）にて尾張《おわり》の織田《おだ》に父《ちち》・義元《よしもと》を討《う》ち取《と》られた混乱《こんらん》がいまだ収《おさ》まらぬ中《なか》、北条《ほうじょう》の北関東《きたかんとう》における拠点《きょてん》・河越城《かわごえじょう》へ援軍《えんぐん》を差《さ》し向《む》けてくれました。

一方《いっぽう》、上杉軍《うえすぎぐん》は大磯《おおいそ》に本陣《ほんじん》を置《お》き、小田原城《おだわらじょう》に幾度《いくど》も攻撃《こうげき》をかけてきましたが、堅固《けんご》な小田原城《おだわらじょう》はそう簡単《かんたん》には落《お》ちません。

そんな中《なか》、景虎《かげとら》が鎌倉《かまくら》の鶴岡八幡宮《つるがおかはちまんぐう》にて正式《せいしき》に「関東管領《かんとうかんれい》」の職《しょく》を継承《けいしょう》する儀式《ぎしき》を行《おこな》い、名《な》も義父《ちち》となった憲政《のりまさ》から一字《じ》もらって「政虎《まさとら》」に改《あらた》めたという話《はなし》が聞《き》こえてきました。

「フン、関東管領《かんとうかんれい》の権威《けんい》など、今《いま》さらこの北条《ほうじょう》には通《つう》じぬわ。それより、腹《はら》が減《へ》っては戦《いくさ》ができぬのではないか？」

「ええ、父上《ちちうえ》、敵《てき》はそろそろ引《ひ》き上《あ》げる頃《ころ》かと――」

氏康《うじやす》と氏政《うじまさ》の狙《ねら》いどおり、上杉軍《うえすぎぐん》は兵糧不足《ひょうろうぶそく》に陥《おちい》っていました。十一万《まん》もの大軍《たいぐん》を養《やしな》いきれなくなったのです。

結局《けっきょく》、一《いっ》か月半《げつはん》に及《およ》んだ籠城戦《ろうじょうせん》の末《すえ》、上杉《うえすぎ》は「関東管領《かんとうかんれい》としての武威《ぶい》は充分《じゅうぶん》に示《しめ》せた」として引《ひ》き上《あ》げていきました。

武田《たけだ》が石山本願寺《いしやまほんがんじ》に働《はたら》きかけて、加賀《かが》や越中《えっちゅう》で一向一揆《いっこういっき》を起《お》こさせ、越後《えちご》を脅《おびや》かしたことや、武田《たけだ》が川中島《かわなかじま》に海津城《かいづじょう》を築《きず》いたこともあり、国許《くにもと》に戻《もど》らざるを得《え》なくなったのです。

「武田《たけだ》と同盟《どうめい》を結《むす》んだ甲斐《かい》があったな」

「ええ、父上《ちちうえ》」

すると、幻庵《げんあん》が氏康《うじやす》と氏政《うじまさ》の親子《おやこ》を見《み》て、大《おお》きくうなずきました。

「北条《ほうじょう》は氏康《うじやす》の代《だい》で版図《はんと》を広《ひろ》げ、強《つよ》くなった。それを受《う》け継《つ》ぎ、守《まも》っていくのが氏政《うじまさ》の役《やく》目《め》じゃな」

幻庵《げんあん》の言葉《ことば》に、氏康《うじやす》も力強《ちからづよ》い目《め》で氏政《うじまさ》を見《み》ました。

「氏政《うじまさ》、我《わ》が父《ちち》・氏綱《うじつな》の言葉《ことば》をそちに贈《おく》ろう。『勝《か》って兜《かぶと》の緒《お》を締《し》めよ』。これは戦《いくさ》に勝《か》ったあとでも油断《ゆだん》せず、身《み》を引《ひ》き締《し》めよ――という意味《いみ》だ。勝利《しょうり》に浮《う》かれず、今後《こんご》も油断《ゆだん》するでないぞ」

「はい！　幻庵様《げんあんさま》、父上《ちちうえ》、私《わたし》は北条家《ほうじょうけ》四代目《だいめ》にふさわしい人間《にんげん》になるべく、これからも日々精進《ひびしょうじん》してまいります」

大《おお》きな危機《きき》を乗《の》り越《こ》えた氏政《うじまさ》は、どうやら頼《たの》もしさが増《ま》したようです。

妻《つま》の梅《うめ》もまた、今回《こんかい》の戦《いくさ》での武田《たけだ》の働《はたら》きをうれしく思《おも》っていました。

(北条《ほうじょう》が籠城戦《ろうじょうせん》を切《き》り抜《ぬ》けたのも、父上《ちちうえ》のおかげだわ。氏政様《うじまささま》も当主《とうしゅ》としての貫禄《かんろく》がついてきて、頼《たの》もしいこと……)

こうして夫《おっと》をますます好《す》きになっていく一方《いっぽう》、

(早《はや》く五代目《だいめ》を!)

と、梅《うめ》は切《せつ》に願《ねが》いました。

そのおかげか、翌年《よくとし》の永禄《えいろく》5年《ねん》(1562年《ねん》)、ようやく男児《だんじ》が誕生《たんじょう》したのです。

「でかしたぞ、梅《うめ》! この子《こ》は立派《りっぱ》な五代目《だいめ》になるに違《ちが》いない!」

氏政《うじまさ》の喜《よろこ》びようは大変《たいへん》なもので、梅《うめ》も当主《とうしゅ》の妻《つま》としての大仕事《おおしごと》を成《な》し遂《と》げ、ようやく安堵《あんど》することができ——。

永禄《えいろく》9年《ねん》(1566年《ねん》)には次女《じじょ》が誕生《たんじょう》し、梅《うめ》は三人《にん》の子《こ》を持《も》つ母《はは》となったのです。

(私《わたし》は妻《つま》として氏政様《うじまささま》をお支《ささ》えし、母《はは》として子《こ》どもたちを立派《りっぱ》に育《そだ》て、北条家《ほうじょうけ》をますます

盛《も》り立《た》てていってみせるわ）
頼《たの》もしい夫《おっと》に、かわいい子《こ》どもたち。
まさにこのとき、梅《うめ》はしあわせの絶頂《ぜっちょう》にありました。
けれど、運命《うんめい》という名《な》の過酷《かこく》な波《なみ》は、今川義元《いまがわよしもと》が討《う》ち死《じ》にしたときから少《すこ》しずつその波《なみ》頭《がしら》をもたげており――梅《うめ》の未来《みらい》にも津波《つなみ》のように襲《おそ》いかかってくるのです。

❖相模《さがみ》の虎《とら》❖

戦国時代《せんごくじだい》の〝虎《とら》〟と聞《き》いて思《おも》い出《だ》すのは、〝甲斐《かい》の虎《とら》〟と謳《うた》われた武田信玄《たけだしんげん》ですが、実《じつ》は北条家《ほうじょうけ》も〝虎《とら》〟を持《も》っていました。

それが有名《ゆうめい》な「虎《とら》の朱印状《しゅいんじょう》」で、北条家《ほうじょうけ》二代目《だいめ》・氏綱《うじつな》の頃《ころ》から、北条家《ほうじょうけ》が発行《はっこう》する公文書《こうぶんしょ》に押《お》されたものです。

ちなみに、三代目《だいめ》・氏康《うじやす》は「相模《さがみ》の獅子《しし》」と呼《よ》ばれています。氏康《うじやす》は初陣《ういじん》以降《いこう》、生涯《しょうがい》で三十六度《ど》も戦《いくさ》に出《で》ましたが、敵《てき》に背《せ》を向《む》けたことは一度《いちど》もなかったとか。彼《かれ》が負《お》った向《む》こう傷《きず》は身体《からだ》に七つ、顔《かお》にふたつ。向《む》こう傷《きず》とは敵《てき》と戦《たたか》って身体《からだ》の前面《ぜんめん》に受《う》けた傷《きず》を指《さ》しますので、氏康《うじやす》がいかに勇敢《ゆうかん》な武将《ぶしょう》だったかがわかります。このように武名《ぶめい》を馳《は》せた氏康《うじやす》には、初陣《ういじん》を飾《かざ》った「小沢原《おざわがはら》の戦《たたか》い」や、戦国時代《せんごくじだい》の三大奇襲作戦《だいきしゅうさくせん》のひとつとして知《し》られる「河越夜戦《かわごえよいくさ》」などがあります。

北条《ほうじょう》は氏康《うじやす》の代《だい》で天下《てんか》に名《な》を轟《とどろ》かせ、四代目《だいめ》の氏政《うじまさ》で版図《はんと》を大《おお》きく広《ひろ》げたのです。

4 同盟《どうめい》が破綻《はたん》し、甲斐《かい》へ戻《もど》される——永禄《えいろく》11年《ねん》（1568年《ねん》）——

永禄《えいろく》10年《ねん》（1567年《ねん》）10月《がつ》19日《にち》、二年《ねん》もの間《あいだ》、甲斐《かい》の東光寺《とうこうじ》に幽閉《ゆうへい》されていた梅《うめ》の兄《あに》・義信《よしのぶ》が自害《じがい》しました。

原因《げんいん》は、義信《よしのぶ》が父《ちち》・信玄《しんげん》（かつての晴信《はるのぶ》）の暗殺《あんさつ》を企《くわだ》てたことでした。これは「桶狭間《おけはざま》の戦《たたか》い」以後《いご》、弱体化《じゃくたいか》していく今川《いまがわ》を見限《みかぎ》り、駿河《するが》への侵攻《しんこう》を考《かんが》えていた信玄《しんげん》に義信《よしのぶ》が反《はん》抗《こう》した末《すえ》の悲劇《ひげき》でした。

（兄上《あにうえ》はやさしい方《かた》。大切《たいせつ》な妻《つま》の実家《じっか》を攻《せ》めるなんてことできるわけがない）

父《ちち》も兄《あに》も大好《だいす》きだった梅《うめ》は、ふたりが対立《たいりつ》したということだけでも、とても胸《むね》を痛《いた》めていました。

（兄上《あにうえ》を自害《じがい》に追《お》いやったなんて……父上《ちちうえ》もきっと苦《くる》しかったに違《ちが》いないわ）

義信《よしのぶ》が自害《じがい》したのち、北条氏康《ほうじょううじやす》・氏政《うじまさ》父子《おやこ》の仲介《ちゅうかい》で正室《せいしつ》の春姫《はるひめ》が実家《じっか》に戻《もど》されました。春姫《はるひめ》の兄《あに》・今川氏真《いまがわうじざね》は激怒《げきど》し、甲斐《かい》への〝塩止《しおど》め〟を決行《けっこう》。同《おな》じく海《うみ》を持《も》つ北条《ほうじょう》にも話《はなし》を持《も》ちかけ、北条《ほうじょう》も相模《さがみ》経由《けいゆ》で甲斐《かい》へ運《はこ》ばれる塩《しお》の流通《りゅうつう》を止《と》めたりしました。が、結局《けっきょく》、越後《えちご》から信濃《しなの》経由《けいゆ》で商人《しょうにん》たちが塩《しお》を運《はこ》んだため、たいした打撃《だげき》にはならず――。

信玄《しんげん》はなんと北条《ほうじょう》に「ともに駿河《するが》を取《と》ろう」と言《い》ってきましたが、北条《ほうじょう》はこれを受《う》け入《い》れませんでした。今川《いまがわ》には氏康《うじやす》の長女《ちょうじょ》・安姫《やすひめ》が嫁《とつ》いでいるからです。

そして、ついに恐《おそ》れていたことが起《お》きました。

永禄《えいろく》11年《ねん》（1568年《ねん》）12月6日《がつむいか》、信玄《しんげん》が三河《みかわ》の徳川《とくがわ》と呼応《こおう》し、「甲駿同盟《こうすんどうめい》」を破棄《はき》して駿河《するが》に向《む》けて出陣《しゅつじん》したのです。

その際《さい》、信玄《しんげん》は北条《ほうじょう》に「今川氏真《いまがわうじざね》が上杉《うえすぎ》と結《むす》んで武田滅亡《たけだめつぼう》を企《くわだ》てたので断交《だんこう》した」と言《い》ってきました。

「そう仕向《しむ》けたのは、信玄《しんげん》であろう！　なんと勝手《かって》な男《おとこ》だ。こうなれば、今川《いまがわ》を支援《しえん》する！」

氏政《うじまさ》自身《じしん》が戦《いくさ》に向《む》かうことを決《き》め、12日《にち》、小田原《おだわら》を出陣《しゅつじん》。が、13日《にち》、信玄《しんげん》は電光石火《でんこうせっか》の素早《すばや》さで今川《いまがわ》の本拠《ほんきょ》である駿府《すんぷ》へ侵攻《しんこう》しました。北条《ほうじょう》の援《えん》軍《ぐん》は間《ま》に合《あ》わなかったのです。

氏真《うじざね》と安姫《やすひめ》の夫婦《ふうふ》は掛川城《かけがわじょう》へと逃《のが》れましたが、その際《さい》、安姫《やすひめ》は輿《こし》を用意《ようい》する暇《ひま》もなく、徒跣《かちはだし》で逃《に》げるはめになり――。

「その恥辱《ちじょく》、雪《そそ》ぎ難《がた》い！」

娘《むすめ》の哀《あわ》れな姿《すがた》を聞《き》き及《およ》んだ父《ちち》・氏康《うじやす》は激怒《げきど》しました。

「武田《たけだ》との同盟《どうめい》は破棄《はき》だ！　今《いま》すぐ梅姫《うめひめ》を甲斐《かい》へ送《おく》り返《かえ》せ！」


一方《いっぽう》――武田《たけだ》が裏切《うらぎ》って以降《いこう》、梅《うめ》は肩身《かたみ》の狭《せま》い思《おも》いをしていました。

（父上《ちちうえ》、どうして？　私《わたし》が北条《ほうじょう》にいるのに、なぜ……！）

悪《わる》い夢《ゆめ》であってほしい、と梅《うめ》は祈《いの》り続《つづ》けました。

ずっと暗《くら》い顔《かお》をしている母《はは》を見《み》て、子《こ》どもたちが、

「母上《ははうえ》、どうしたのですか？」

「父上《ちちうえ》がいないから、不安《ふあん》なのですか？」

「わたしたちがおそばにおります！」

「だから、泣《な》かないでください！」

と心配《しんぱい》して、ずっとそばを離《はな》れません。

そこへ、北条家《ほうじょうけ》の家臣《かしん》が数人《すうにん》、あわただしくやってきました。

「奥方様《おくがたさま》には甲斐《かい》へお帰《かえ》りいただくことになりました」

「すぐにお支度《したく》を」

「え……」

「これは氏康公《うじやすこう》のご命令《めいれい》でございます」

こうなることは覚悟《かくご》していましたが、まさか氏政《うじまさ》が不在《ふざい》のときに言《い》い渡《わた》されるとは、梅《うめ》は思《おも》っていませんでした。

「待《ま》ってください！　氏政様《うじまささま》はなんと!?」

せめて夫《おっと》が帰《かえ》ってくるまでは、と懇願《こんがん》しましたが、家臣《かしん》たちは首《くび》を横《よこ》に振《ふ》りました。

「敵方《てきがた》の姫《ひめ》を置《お》いておくわけにはいかないのです。わかってください」

「嫌《いや》です！　甲斐《かい》になど帰《かえ》りたくありません！　私《わたし》は北条《ほうじょう》の人間《にんげん》です！」

けれど、どんなに訴《うった》えても無駄《むだ》なあがきでしかなく――。

梅《うめ》は泣《な》く泣《な》く支度《したく》をし、最後《さいご》に子《こ》どもたちを抱《だ》きしめました。

「あなたたちを置《お》いていかなければならない私《わたし》を……どうか許《ゆる》して」

「母上《ははうえ》、嫌《いや》です、母上《ははうえ》！」

「わたしたちも一緒《いっしょ》に！」

周《まわ》りで見《み》ていた侍女《じじょ》たちは皆《みな》、見《み》ていられず、袖《そで》で涙《なみだ》を拭《ぬぐ》っています。心《こころ》を鬼《おに》にしていた家臣《かしん》たちも胸《むね》を痛《いた》め、時間《じかん》の許《ゆる》す限《かぎ》り、見《み》て見《み》ぬふりをしてくれました。

こうして――。

最後《さいご》に夫《おっと》に会《あ》うことも叶《かな》わず、梅《うめ》は我《わ》が身《み》を引《ひ》き裂《さ》かれるような思《おも》いをしながら、小田《おだ》原《わら》をあとにし、甲斐《かい》へ向《む》かったのです。

その後《ご》の黄梅院《おうばいいん》

甲斐《かい》に戻《もど》った梅姫《うめひめ》は父《ちち》・信玄《しんげん》に直接会《ちょくせつあ》って訴《うった》えたかったのですが、それはできませんでした。信玄《しんげん》は駿河《するが》攻《ぜ》めの戦《いくさ》に出《で》たままだったからです。

躑躅《つつじ》ヶ《が》崎館《さきやかた》には、梅姫《うめひめ》が嫁《とつ》いだあとに生《う》まれた五郎《ごろう》や松姫《まつひめ》など信玄《しんげん》の子《こ》どもたちがいました。小《ちい》さな子《こ》どもたちを見《み》るたびに、北条《ほうじょう》に残《のこ》してきた自分《じぶん》の子《こ》どもたちのことを思《おも》い出《だ》し、とてもつらかったと思《おも》います。

梅姫《うめひめ》が甲斐《かい》へ戻《もど》された時期《じき》は、信玄《しんげん》が駿河《するが》に侵攻《しんこう》した直後《ちょくご》なのか、それとも年《とし》が明《あ》けてからだったのか……。詳《くわ》しいことはわかりませんが、この物語《ものがたり》では戦場《せんじょう》に出《で》た夫《おっと》・氏政《うじまさ》の帰《かえ》りを待《ま》たず、離縁《りえん》させられたことにしました。

氏政《うじまさ》と梅姫《うめひめ》は大変仲《たいへんなか》が良《よ》く、氏政《うじまさ》は妻《つま》を甲斐《かい》へ戻《もど》すことを反対《はんたい》したという説《せつ》もありますが、最終的《さいしゅうてき》には北条《ほうじょう》の当主《とうしゅ》として離縁《りえん》を決断《けつだん》せざるを得《え》なかったと思《おも》います。

一方《いっぽう》、信玄《しんげん》は徳川《とくがわ》とすぐに手切《てぎ》れになり、結局《けっきょく》、西《にし》の徳川《とくがわ》、東《ひがし》の北条《ほうじょう》、北《きた》の上杉《うえすぎ》と——三方《さんぽう》を敵《てき》に囲《かこ》まれるはめに陥《おちい》りました。

この窮地《きゅうち》をどうするか……信玄《しんげん》は考《かんが》えた末《すえ》に同盟《どうめい》を結《むす》んでいた織田信長《おだのぶなが》を通《つう》じて、室町《むろまち》幕府第《ばくふだい》十五代将軍《だいしょうぐん》・足利義昭《あしかがよしあき》に仲介《ちゅうかい》を依頼《いらい》し、なんと宿敵《しゅくてき》・上杉《うえすぎ》と和睦《わぼく》する道《みち》を選《えら》びます。

義《ぎ》に厚《あつ》い上杉謙信《うえすぎけんしん》はこれを受《う》け入《い》れ、信玄《しんげん》は難局《なんきょく》を脱《だっ》しました。

永禄《えいろく》12年《ねん》（1569年《ねん》）4月《がつ》24日《か》、武田軍《たけだぐん》は駿河《するが》から撤退《てったい》。

躑躅ヶ崎館《つつじがさきやかた》に戻《もど》った信玄《しんげん》は失意《しつい》の梅姫《うめひめ》と再会《さいかい》しますが、その頃《ころ》には梅姫《うめひめ》はすっかり生《い》きる気力《きりょく》をなくしていたようで……。

6月《がつ》16日《にち》、信玄《しんげん》がふたたび駿河《するが》へ進軍《しんぐん》した翌日《よくじつ》の17日《にち》、梅姫《うめひめ》は息《いき》を引《ひ》き取《と》りました。

甲斐《かい》へ戻《もど》ってわずか半年後《はんとしご》、まだ二十七歳《さい》の若《わか》さでした。

義信《よしのぶ》、梅姫《うめひめ》と愛《あい》する子《こ》どもをふたりも夫《おっと》の非情《ひじょう》な決断《けつだん》で失《うしな》った三条《さんじょう》の方《かた》は、翌年《よくねん》の元亀《げんき》元年《がんねん》（1570年《ねん》）7月《がつ》28日《にち》、悲《かな》しみのうちに亡《な》くなっています。

信玄《しんげん》はその年《とし》の12月《がつ》20日《はつか》に妻《つま》と娘《むすめ》の供養《くよう》をし、黄梅院《おうばいいん》を建立《こんりゅう》して梅姫《うめひめ》の遺体《いたい》を葬《ほうむ》ったそうです。

彼女《かのじょ》の法名《ほうみょう》は「黄梅院殿春林宗芳大禅定尼《おうばいいんでんしゅんりんそうほうだいぜんじょうに》」と伝《つた》わっています。

相模《さがみ》の北条《ほうじょう》から駿河《するが》の今川《いまがわ》へ嫁《とつ》いだ姫《ひめ》

早川殿《はやかわどの》

——相模《さがみ》の獅子《しし》と謳《うた》われた
猛将《もうしょう》・北条氏康《ほうじょううじやす》の長女《ちょうじょ》——

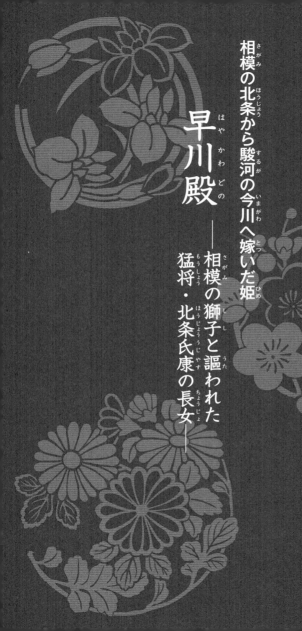

早川殿《はやかわどの》（15？？～1613）

1554年《ねん》（天文《てんぶん》23年《ねん》）	今川氏真《いまがわうじざね》と結婚《けっこん》 駿甲相三国同盟成立《すんこうそうさんごくどうめいせいりつ》
1560年《ねん》（永禄《えいろく》3年《ねん》）	桶狭間《おけはざま》の戦《たたか》い
1569年《ねん》（永禄《えいろく》12年《ねん》）	今川滅亡《いまがわめつぼう》。小田原《おだわら》へ落《お》ちる
1575年《ねん》（天正《てんしょう》3年《ねん》）	夫《おっと》・氏真《うじざね》が京《きょう》にて織田信長《おだのぶなが》に謁見《えっけん》する
1590年《ねん》（天正《てんしょう》18年《ねん》）	この頃、京へ移る
1613年《ねん》（慶長《けいちょう》18年《ねん》）	江戸《えど》にて死去《しきょ》

戦国姫《せんごくひめ》「早川殿《はやかわどの》」関係図《かんけいず》

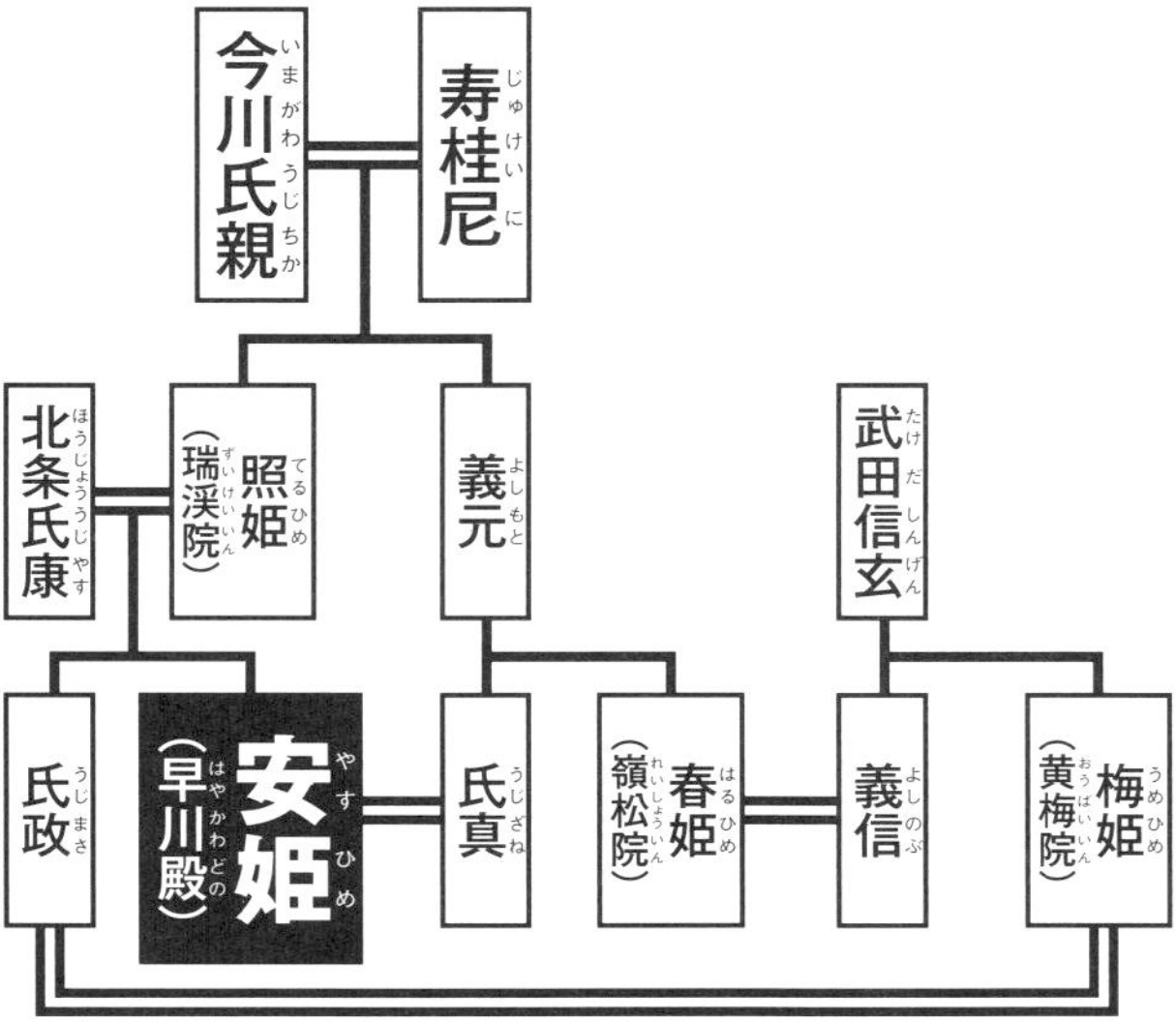

1　駿河《するが》の今川《いまがわ》へ嫁《とつ》ぐ——天文《てんぶん》23年《ねん》（１５５４年《ねん》）——

天文《てんぶん》23年《ねん》（１５５４年《ねん》）７月《がつ》、相模国《さがみのくに》——。

小田原城《おだわらじょう》を出《で》た花嫁行列《はなよめぎょうれつ》は一路《いちろ》、西《にし》の隣国《りんごく》・駿河《するが》へと向《む》かっていました。

沿道《えんどう》に見物《けんぶつ》に出《で》た人《ひと》たちは、誰《だれ》もがそのきらびやかさに目《め》を奪《うば》われ、改《あらた》めて北条家《ほうじょうけ》の大《おお》きさを見《み》せつけられたのです。

「氏康様《うじやすさま》の姫様《ひめさま》が駿河《するが》へ嫁《とつ》ぐそうだ」

「へー、それで、こんなに豪華《ごうか》なんだねえ」

「でも、花嫁様《はなよめさま》はまだ幼《おさな》い姫《ひめ》らしいよ」

花嫁《はなよめ》の御輿《みこし》に乗《の》っているのは、まだ数《かぞ》えで十《とお》にも満《み》たない姫《ひめ》でした。

この花嫁行列《はなよめぎょうれつ》の主役《しゅやく》である安姫《やすひめ》（のちの早川殿《はやかわどの》）は、これから駿府《すんぷ》を本拠《ほんきょ》とする今川氏《いまがわし》へ嫁《とつ》ぐのです。

今川氏《いまがわし》は駿河《するが》の守護《しゅご》として代々続《だいだいつづ》く名門《めいもん》で、現当主《げんとうしゅ》・義元《よしもと》で九代目《だいめ》を数《かぞ》えます。安《やす》はその義元《よしもと》の長男《ちょうなん》で昨年《さくねん》、元服《げんぷく》を済《す》ませたばかりの氏真《うじざね》の正室《せいしつ》になるのです。

生《う》まれてからこの方《かた》、安《やす》は小田原《おだわら》から出《で》たことがありませんが、実《じつ》はそんなに不安《ふあん》を感《かん》じていませんでした。

安《やす》の母《はは》は義元《よしもと》の姉《あね》・照姫《てるひめ》。なので、夫《おっと》となる氏真《うじざね》は従兄《いとこ》ですし、氏真《うじざね》の父《ちち》・義元《よしもと》と祖母《そぼ》の寿桂尼《じゅけいに》はそれぞれ安《やす》と血《ち》のつながった叔父《おじ》と祖母《そぼ》にあたるので、安《やす》は身内《みうち》に会《あ》いに行《い》くような感覚《かんかく》だったのです。

おまけに、二年前《ねんまえ》に兄《あに》・氏規《うじのり》が今川《いまがわ》へ人質《ひとじち》に出《だ》されているので、いちばん歳《とし》の近《ちか》い兄《あに》に会《あ》えるのもうれしいことでした。

ですので、嫁入《よめい》りに対《たい》してあまり大仰《おおぎょう》に構《かま》えず、安《やす》は駿府《すんぷ》に行《い》くことを楽《たの》しみにしていたのです。

この年《とし》の春《はる》、駿河《するが》の善得寺《ぜんとくじ》にて父《ちち》・氏康《うじやす》と駿河《するが》の今川義元《いまがわよしもと》、甲斐《かい》の武田晴信《たけだはるのぶ》（のちの信玄《しんげん》）が一堂《いちどう》に会《かい》し、「相駿甲三国同盟《そうすんこうさんごくどうめい》」が結《むす》ばれました。

その会談《かいだん》で、かねてから進《すす》められていた北条《ほうじょう》と今川《いまがわ》の婚礼《こんれい》が7月《がつ》に行《おこな》われることが決《き》められたのです。

小田原《おだわら》へ戻《もど》った父《ちち》・氏康《うじやす》からそれを聞《き》かされたとき、母《はは》・照姫《てるひめ》は、

「そんな急《きゅう》に……安《やす》はまだ十《とお》にも満《み》たないのですよ？　そのために、氏規《うじのり》が駿府《すんぷ》に行《い》ったのではありませんか。それに今年《ことし》の暮《く》れには武田《たけだ》の姫《ひめ》が嫁《とつ》いでくるのでしょう？　その準《じゅん》備《び》もございますし……」

と反対《はんたい》の声《こえ》を上《あ》げましたが、

「かねてより決《き》まっていたこと。今《いま》さら取《と》り消《け》せぬわ。それに今川《いまがわ》はそなたの実家《じっか》なのだから、そんなに心配《しんぱい》することもないしな。寿桂尼様《じゅけいにさま》がご健在《けんざい》であるし、あちらで妻《つま》としての教育《きょういく》を受《う》けるのも悪《わる》くないと思《おも》うが」

と氏康《うじやす》に言《い》われ、「そうですね」と、うなずくしかありませんでした。

安《やす》が嫁《よめ》に行《い》くことが決《き》まってから、照姫《てるひめ》は幼《おさな》い娘《むすめ》に不安《ふあん》を感《かん》じさせないよう、自身《じしん》の故《こ》郷《きょう》・駿府《すんぷ》の話《はなし》をたくさんしてくれました。

「小田原《おだわら》もいいところですけれど、駿府《すんぷ》はそれはもう素敵《すてき》なところよ。まるで京《きょう》の都《みやこ》のようだと、よく母上《ははうえ》――あなたのおばあ様《さま》も言《い》っていらしたわ」

「日本一《にほんいち》の富士《ふじ》の山《やま》も、小田原《おだわら》よりは大《おお》きく見《み》えますしね。あちらへ行《い》ったら、三保《みほ》の松原《まつばら》へ出《で》かけてみるといいわ。あれは日本一《にほんいち》の絶景《ぜっけい》よ」

「……あ、私《わたし》がこういうことを話《はな》した、ということは父上《ちちうえ》には内緒《ないしょ》ですよ？　きっとご機嫌《きげん》を損《そこ》ねてしまいますからね」

「とにかく！　あなたはこれ以上《いじょう》ないというくらいの名家《めいか》に嫁《とつ》ぐの。一生安泰《いっしょうあんたい》、間違《まちが》いなし！　今川家《いまがわけ》が落《お》ちぶれるなんてことは絶対《ぜったい》にないから」

母《はは》が幼《おさな》い娘《むすめ》を安心《あんしん》させようと思《おも》って話《はな》しているうちに、だんだん自分《じぶん》の故郷《こきょう》の自慢話《じまんばなし》になってしまったのはさておき、そのおかげで安《やす》は駿府《すんぷ》へ行《い》くのを楽《たの》しみに思《おも》えたのです。

（氏真様《うじざねさま》は京《きょう》の貴公子《きこうし》もかくや、という美男《びなん》らしいし。それに義元《よしもと》の叔父上《おじうえ》は〝海道一《かいどういち》の弓取《ゆみと》り〟と謳《うた》われる名将《めいしょう》。〝相模《さがみ》の獅子《しし》〟と謳《うた》われた、わたしの父上《ちちうえ》のように勇猛《ゆうもう》な方《かた》に違《ちが》いないわ）

やがて、輿《こし》は三嶋《みしま》に到着《とうちゃく》し、出迎《でむか》えに来《き》た今川家《いまがわけ》の家臣団《かしんだん》に安《やす》は引《ひ》き取《と》られることになりました。

三嶋《みしま》で休息《きゅうそく》を取《と》ったあと、花嫁行列《はなよめぎょうれつ》はふたたび駿府《すんぷ》に向《む》けて出発《しゅっぱつ》しました。

(母上《ははうえ》が言《い》っていたとおり、確《たし》かに富士《ふじ》が近《ちか》い！　大《おお》きい！)

駿府《すんぷ》に近《ちか》づくにつれ、安《やす》の期待《きたい》はいっそう高《たか》まっていきます。

そうして、今川館《いまがわやかた》に到着《とうちゃく》してから、安《やす》は祖母《そぼ》の寿桂尼《じゅけいに》と兄《あに》の氏規《うじのり》に会《あ》いました。

夫《おっと》となる氏真《うじざね》の母《はは》(定恵院《じょうけいいん》)はすでに亡《な》くなっているので、寿桂尼《じゅけいに》が駿府《すんぷ》での義母代《ははが》わりになるのです。そして、氏規《うじのり》は人質《ひとじち》の身《み》ではありますが、孫《まご》かわいさにそばに置《お》かれているようでした。

「おばば様《さま》、お目《め》にかかれてうれしゅうございます！」

「まあ、愛《あい》らしいこと。照《てる》の子《こ》どもの頃《ころ》のことを思《おも》い出《だ》すわね。今川《いまがわ》のために、立派《りっぱ》な妻《つま》になってくださいね」

「はい！　おばば様《さま》」

安《やす》が元気《げんき》よくあいさつを終《お》えると、氏規《うじのり》がからかうような目《め》で見《み》てきました。

「やっと来《き》たな、安《やす》。大《おお》きく……は、あんまりなってないか」

「兄様《にいさま》、ひどい」

「ははは、冗談《じょうだん》だ。じゃ、おまえが今川《いまがわ》へ来《き》たことだし、俺《おれ》は小田原《おだわら》へ帰《かえ》る」

「ええっ!?」

「なあんてな、おまえが小《ちい》さいうちは俺《おれ》は帰《かえ》らないことになってる」

「もう、びっくりした〜〜」

「ははは、おまえはまだまだ子《こ》どもだな。まあ、そういうわけで、俺《おれ》たちはふたりでやっと〝ひとり分《ぶん》〟ってわけだ」

氏規《うじのり》は笑《わら》いながらこう言《い》いましたが、〝嫁《よめ》〟すなわち〝人質《ひとじち》〟だということを自覚《じかく》しろ、と暗《あん》に言《い》っているのです。

安《やす》も頭《あたま》ではわかっていますが、やはり「親戚《しんせき》の家《いえ》に来《き》た」という気安《やす》い感覚《かんかく》が拭《ぬぐ》えないまま、祝言《しゅうげん》が行《おこな》われました。

さすがの安《やす》も祝言《しゅうげん》の間《あいだ》は緊張《きんちょう》していましたが、祝宴《しゅくえん》に移《うつ》ってから、

「なんと愛《あい》らしい姫様《ひめさま》じゃ！」

「やはり寿桂尼《じゅけいに》様《さま》の血《ち》を引《ひ》くだけあって、気品《きひん》がありますなあ」

「これで北条《ほうじょう》との絆《きずな》は、ますます強《つよ》くなりましたな」

今川《いまがわ》と北条《ほうじょう》の家臣《かしん》たちが喜《よろこ》んで酒《さけ》を酌《く》み交《か》わしているのを見《み》ているうちに、少《すこ》しは周《まわ》りを見《み》る余裕《よゆう》が出《で》てきました。

（ふふ、みんな楽《たの》しそうでよかった！　それにしても、ふたりとも綺麗《きれい》なお顔《かお》……）

義父《ぎふ》・義元《よしもと》と夫《おっと》・氏真《うじざね》は顔立《かおだ》ちも立《た》ち居振《いふ》る舞《ま》いも公家《くげ》のようでした。前《まえ》もって貴公子《きこうし》然《ぜん》としていると噂《うわさ》に聞《き》いていた氏真《うじざね》はともかく、義元《よしもと》は父《ちち》・氏康《うじやす》のように勇《いさ》ましい感《かん》じがしません。

（義元様《よしもとさま》の顔《かお》には向《む》こう傷《きず》がないのね）

安《やす》の父《ちち》・氏康《うじやす》には、身体《からだ》に七か所《しょ》、顔《かお》に二か所《しょ》、戦《いくさ》で負《お》った傷《きず》がありました。

向《む》こう傷《きず》とは敵《てき》と戦《たたか》って受《う》けた身体《からだ》の前面《ぜんめん》にある傷《きず》を指《さ》しますので、その数《かず》の多《おお》さは氏《うじ》康《やす》がいかに勇敢《ゆうかん》な武将《ぶしょう》であるかを物語《ものがた》るものです。領民《りょうみん》たちは「氏康疵《うじやすきず》」と呼《よ》んで、勇猛《ゆうもう》な氏康《うじやす》のことを誇《ほこ》りに思《おも》っていました。

安《やす》は、〝海道一《かいどういち》の弓取《ゆみと》り〟と言《い》われている義元《よしもと》の筋骨《きんこつ》たくましい姿《すがた》を想像《そうぞう》していたので、少《すこ》しがっかりしたのです。

(国《くに》が違《ちが》えば、家《いえ》の様子《ようす》も違《ちが》うということかしら。この館《やかた》もおとぎ話《ばなし》に出《で》てくる御殿《ごてん》みたいだし、小田原《おだわら》のお城《しろ》とはだいぶ違《ちが》うわ)

故郷《こきょう》を思《おも》い出《だ》すと、ちょっぴりさみしくなりましたが――。

(こちらには兄様《にいさま》もいるし、なにかあったら、いろいろ甘《あま》えちゃおう)

と思《おも》い、すぐに気《き》を持《も》ち直《なお》したのでした。

❖早川殿《はやかわどの》の謎《なぞ》❖

早川殿《はやかわどの》（作中《さくちゅう》では安姫《やすひめ》）の本名《ほんみょう》や生《う》まれた年《とし》は不明《ふめい》ですが、江戸時代《えどじだい》の書物《しょもつ》に「氏政姉《うじまさあね》」とされているものがあります。

それによると、三十三歳《さい》で最初《さいしょ》の子《こ》を産《う》んだことになりますが、当時《とうじ》としては高齢出産《こうれいしゅっさん》になってしまうということと、氏規《うじのり》が今川《いまがわ》への人質《ひとじち》に出《だ》されたことなどから、この物語《ものがたり》では「早川殿《はやかわどの》は幼《おさな》すぎて、すぐに嫁《よめ》に出《だ》せる年齢《ねんれい》ではなかった」という説《せつ》を取《と》り、天文《てんぶん》14年《ねん》（１５４５年《ねん》）生《う》まれの氏規《うじのり》の妹《いもうと》であると仮定《かてい》し、天文《てんぶん》15年《ねん》（１５４６年《ねん》）か16年《ねん》（１５４７年《ねん》）生《う》まれであると想定《そうてい》して書《か》きました。

母《はは》が瑞渓院《ずいけいいん》（作中《さくちゅう》では照姫《てるひめ》）であると言《い》われているのは、「三国同盟《さんごくどうめい》のそれぞれの家《いえ》が当主《とうしゅ》と正室《せいしつ》の間《あいだ》に生《う》まれた嫡男《ちゃくなん》・嫡女《ちゃくじょ》で婚姻関係《こんいんかんけい》を結《むす》んでいること」と、後年《こうねん》、早川殿《はやかわどの》が寿桂尼《じゅけいに》の所領《しょりょう》を引《ひ》き継《つ》いだと思《おも》われる文書《ぶんしょ》が残《のこ》っていること、などが理由《りゆう》として挙《あ》げられます。寿桂尼《じゅけいに》の血《ち》を引《ひ》く孫《まご》だから、大事《だいじ》な所領《しょりょう》を受《う》け継《つ》いだと考《かんが》えられているのです。

2 桶狭間《おけはざま》の戦《たたか》い
――永禄《えいろく》3年《ねん》(1560年《ねん》)――

妻《つま》といっても安《やす》はまだ幼《おさな》く、氏真《うじざね》にとって気持《きも》ちの上《うえ》では、単《たん》なる〝従妹《いとこ》〟のようでした。たとえば、

「三保《みほ》の松原《まつばら》に行《い》きたいのです」

とお願《ねが》いすると、

「それはいい」

とともに出《で》かけ、素晴《すば》らしい景色《けしき》を愛《め》でる――まではいいのですが、氏真《うじざね》は風光明媚《ふうこうめいび》な場所《ばしょ》へ出《で》かけては一句《いっく》、また一句《いっく》と歌《うた》を詠《よ》むのに夢中《むちゅう》で、安《やす》の存在《そんざい》を忘《わす》れてしまう、ということがたびたびありました。

安《やす》もまだ夫《おっと》に対《たい》して、妻《つま》としてどう気《き》を遣《つか》えばいいのかもわからなかったので、ふたり

は夫婦《ふうふ》というより、兄妹《きょうだい》のような関係《かんけい》になっていったのです。

そうして、日々《ひび》は過《す》ぎ――。

安《やす》が今川《いまがわ》に嫁《とつ》いでから、二年後《ねんご》。

弘治《こうじ》2年《ねん》（1556年《ねん》）9月下旬《がつげじゅん》、京《きょう》の公家《くげ》・山科言継《やましなときつぐ》が駿府《すんぷ》に下向《げこう》してきました。

言継《ときつぐ》の継母《けいぼ》・御黒木《おくろき》が妹《いもうと》の寿桂尼《じゅけいに》を頼《たよ》って、気候《きこう》のいい駿府《すんぷ》で療養中《りょうようちゅう》でしたので、その見舞《みま》いにやってきたのです。

言継《ときつぐ》は継母《けいぼ》を見舞《みま》った翌日《よくじつ》、義叔母《おば》の寿桂尼《じゅけいに》と氏規《うじのり》に、11月《がつ》に入《はい》ってからは義元《よしもと》に対面《たいめん》し、その翌日《よくじつ》――11月《がつ》20日《はつか》に氏真《うじざね》の屋敷《やしき》に招待《しょうたい》されました。

「いやあ、駿府《すんぷ》は素晴《すば》らしいところですなあ。京《きょう》の都《みやこ》がそっくりそのまま東海《とうかい》の地《ち》に移《うつ》ったのかと思《おも》いましたよ」

言継《ときつぐ》のお世辞《せじ》に氏真《うじざね》は上機嫌《じょうきげん》になり、いろいろと贅《ぜい》を尽《つ》くしてもてなしました。

「お気《き》に召《め》したのならなによりです。御黒木《おくろき》の方《かた》を元気《げんき》づけるためにも、どうぞゆっくりとお過《す》ごしください」

「お心遣《こころづか》い感謝《かんしゃ》します。それにしても、奥方様《おくがたさま》はかわいらしい方《かた》ですなあ」

安《やす》は三日後《みっかご》、言継《ときつぐ》から外傷《がいしょう》に効《き》く「金龍丹《きんりゅうたん》」という薬《くすり》を贈《おく》られました。山科《やましな》は医療《いりょう》の家《いえ》ですので、言継《ときつぐ》は様々《さまざま》な薬《くすり》に通《つう》じているのです。

そうして、言継《ときつぐ》は駿府《すんぷ》で年《とし》を越《こ》し……。

翌年《よくとし》の弘治《こうじ》3年《ねん》（1557年《ねん》）2月《がつ》、言継《ときつぐ》が京《きょう》へ帰《かえ》る前《まえ》に、最後《さいご》に、と氏真《うじざね》が得意《とくい》の蹴《け》鞠《まり》を披露《ひろう》しました。

「アリヤー！」

「オウ！」

蹴庭《けにわ》には氏真《うじざね》や氏規《うじのり》を含《ふく》む六人《にん》の男《おとこ》たちが入《はい》り、鞠《まり》を追《お》い、それぞれの技《わざ》を駆使《くし》して勝《しょう》負《ぶ》に臨《のぞ》みました。

「氏真様《うじざねさま》の、なんと凛々《りり》しいこと」

「ええ、素敵《すてき》よねえ」

安《やす》のお付《つ》きの侍女《じじょ》たちは、うっとりとした目《め》で氏真《うじざね》に見《み》とれています。

けれど、反対《はんたい》に安《やす》の胸《むね》は冷《さ》めていました。

（この方《かた》は外《そと》に出《で》れば蹴鞠《けまり》ばかり、館《やかた》の中《なか》では歌《うた》を詠《よ》んでばかり……に見《み》えるけど、気《き》のせいかしら？）

お嫁《よめ》に来《く》る前《まえ》——天文《てんぶん》18年《ねん》（1549年《ねん》）10月7日《がつなのか》、公家《くげ》の飛鳥井雅綱《あすかいまさつな》から、今《いま》は亡《な》き長兄《ちょうけい》の氏親《うじちか》と次兄《じけい》の氏政《うじまさ》が蹴鞠《けまり》の作法《さほう》を伝授《でんじゅ》されています。

なので、安《やす》も兄《あに》たちが蹴鞠《けまり》をする様子《ようす》を何度《なんど》か見《み》ていますが、彼《かれ》らは氏真《うじざね》ほど熱中《ねっちゅう》してはいませんでした。

（まあ、身体《からだ》を動《うご》かすことはいいことだから、別《べつ》にいいけれど……）

そうして、蹴鞠《けまり》が終《お》わったあと、

「氏真様《うじざねさま》には、やはり敵《かな》いませぬ」

と氏規《うじのり》が汗《あせ》を拭《ふ》きながら言《い》いました。

これを見《み》ていた安《やす》は、

（兄様《にいさま》、本当《ほんとう》かしら？　本当《ほんとう》はもっとお強《つよ》いのではなくて？）

と、思《おも》いました。

人質《ひとじち》としての立場《たちば》から出《で》た言葉《ことば》にしか聞《き》こえなかったのです。

「ははは、氏規《うじのり》はいつも詰《つ》めが甘《あま》いからな」

上機嫌《じょうきげん》に笑《わら》ってから、氏真《うじざね》は縁《えん》で見《み》ていた安《やす》を振《ふ》り返《かえ》りました。

「どうだ、安《やす》。私《わたし》の腕前《うでまえ》は」

「はい、いつもながら、お見事《みごと》です」

「ははは、そうだろう、そうだろう」

「いやあ、氏真様《うじざねさま》に敵《かな》う者《もの》は京《きょう》の都《みやこ》にもおりますまい」

本心《ほんしん》なのかお世辞《せじ》なのか、言継《ときつぐ》は氏真《うじざね》を褒《ほ》めちぎり――。

氏真《うじざね》は言継《ときつぐ》から、お別《わか》れに蹴鞠《けまり》用《よう》の鞠《まり》を贈《おく》られました。


そうして、また時《とき》が流《なが》れ――。

永禄《えいろく》３年《ねん》（１５６０年《ねん》）５月《がつ》。

「駿《すん》甲《こう》相《そう》三《さん》国《ごく》同《どう》盟《めい》」により、甲斐《かい》の武田《たけだ》、相模《さがみ》の北条《ほうじょう》が攻《せ》めてくる心配《しんぱい》のない義元《よしもと》は、三《み》河《かわ》の西《にし》の隣国《りんごく》・尾張《おわり》を本格的《ほんかくてき》に攻《せ》めることにしました。

義元《よしもと》の宿敵《しゅくてき》といえば、尾張《おわり》の織田信秀《おだのぶひで》でしたが、その信秀《のぶひで》は天文《てんぶん》21年《ねん》（1552年《ねん》）に亡《な》くなり、以後《いご》、嫡男《ちゃくなん》の信長《のぶなが》が家督《かとく》を継《つ》いでいます。

信長《のぶなが》は素行《そこう》が悪《わる》く、〝大《おお》うつけ〟と噂《うわさ》されていましたが、なかなかのやり手《て》のようで、永禄《えいろく》2年《ねん》（1559年《ねん》）に尾張統一《おわりとういつ》を果《は》たしていました。

義元《よしもと》は、まだ若《わか》い信長《のぶなが》が基盤《きばん》を固《かた》める前《まえ》に、潰《つぶ》しておこうと考《かんが》えたのです。

「尾張《おわり》の〝大《おお》うつけ〟が調子《ちょうし》に乗《の》りおって。今《いま》のうちに叩《たた》いておかねばな」

今川《いまがわ》の本拠《ほんきょ》・駿河《するが》は嫡男《ちゃくなん》の氏真《うじざね》にまかせていますので、義元《よしもと》は自《みずか》ら討《う》って出《で》ることを決《き》め――。

そうして、5月《がつ》12日《にち》。義元《よしもと》は輿《こし》に乗《の》って駿府《すんぷ》を出陣《しゅつじん》し、二万《まん》五千《せん》もの大軍《たいぐん》を率《ひき》いて、西《にし》へ向《む》かっていきました。

（今川《いまがわ》では、戦《いくさ》に行《い》くときも輿《こし》なのね）

と安《やす》は驚《おどろ》きましたが、輿《こし》での出陣《しゅつじん》は、室町幕府《むろまちばくふ》から許《ゆる》された特権《とっけん》です。

今川《いまがわ》は足利将軍家《あしかがしょうぐんけ》に縁《ゆかり》のある由緒《ゆいしょ》ある家柄《いえがら》ですので、それを織田《おだ》に誇示《こじ》するために、輿《こし》に乗《の》って出《で》たのです。

騎馬《きば》での出陣《しゅつじん》ではない、というところが微妙《びみょう》に勇《いさ》ましさに欠《か》ける気《き》がしましたが、

(義父上《ちちうえ》が自《みずか》ら戦《いくさ》へ！　ただの公家《くげ》かぶれじゃなかったのね)

と安《やす》は思《おも》い、義元《よしもと》を見《み》る目《め》が変《か》わりました。

(さすがは駿河《するが》・遠江《とおとうみ》・三河《みかわ》を統《す》べる太守様《たいしゅさま》。〝海道一《かいどういち》の弓取《ゆみと》り〟の名《な》は飾《かざ》りじゃなかったんだわ。これで尾張《おわり》を手《て》に入《い》れたら、今川《いまがわ》の領国《りょうごく》は四か国《こく》……すごいわ)

けれど、それは夢幻《ゆめまぼろし》と化《か》しました。

5月19日《がつにち》、雨上《あめあ》がりの桶狭間《おけはざま》にて、義元《よしもと》が織田信長《おだのぶなが》に討《う》たれてしまったのです。

「義元公《よしもとこう》、討《う》たれる」

この報《ほう》が入《はい》ったのち、駿府《すんぷ》は大混乱《だいこんらん》に陥《おちい》りました。

「太守様《たいしゅさま》が織田《おだ》の〝大《おお》うつけ〟に討《う》たれた!?」

「馬鹿《ばか》な……！」

「父上《ちちうえ》が……」

衝撃《しょうげき》が大《おお》きすぎて、氏真《うじざね》はしばらく言葉《ことば》も出《で》ないようでした。

（氏真様《うじざねさま》……）

安《やす》もどうしていいかわからず、そっと見守《みまも》っていることしかできません。

織田《おだ》に討《う》ち取《と》られた今川《いまがわ》の武将《ぶしょう》や兵《へい》の数《かず》は、およそ三千《ぜん》。

これは信《しん》じられない大敗《たいはい》でした。

義元《よしもと》は最後《さいご》は自《みずか》ら刀《かたな》を抜《ぬ》き、果敢《かかん》に戦《たたか》ったようですが、あえなく討《う》ち死《じ》にしてしまい……

その首《くび》は織田《おだ》の本拠《ほんきょ》・清須城《きよすじょう》へ持《も》っていかれてしまいました。

今川方《いまがわがた》は仕方《しかた》なく胴《どう》を駿府《すんぷ》へ持《も》ち帰《かえ》り、6月5日《がついっか》、臨済寺《りんざいじ》にて義元《よしもと》の葬儀《そうぎ》が盛大《せいだい》に行《おこな》われました。

その三日後《みっかご》、今川家《いまがわけ》の家臣《かしん》・岡部元信《おかべもとのぶ》が義元《よしもと》の首《くび》を持《も》って、駿府《すんぷ》に帰還《きかん》しました。

元信《もとのぶ》は「義元様《よしもとさま》の首《くび》を返《かえ》してもらうまでは」と尾張《おわり》の鳴海城《なるみじょう》に立《た》て籠《こ》もっていたのですが、その忠義《ちゅうぎ》に心《こころ》を打《う》たれた敵将《てきしょう》・織田信長《おだのぶなが》が、首実検《くびじっけん》ののちに義元《よしもと》の首《くび》を送《おく》り返《かえ》してきたので、鳴海城《なるみじょう》を明《あ》け渡《わた》して戻《もど》ってきたのです。

しかし、「ただ引《ひ》き上《あ》げるわけにはいかぬ」と思《おも》った元信《もとのぶ》は駿府《すんぷ》への道《みち》すがら、義元《よしもと》の弔《とむら》い合戦《がっせん》として織田方《おだがた》の刈谷城《かりやじょう》を百《ひゃく》にも満《み》たない兵力《へいりょく》で攻《せ》め落《お》としてきました。

これを聞《き》いた氏真《うじざね》は大《おお》いに喜《よろこ》び、元信《もとのぶ》の戦功《せんこう》を称《たた》えました。

「よくやった、元信《もとのぶ》！　亡《な》き父上《ちちうえ》も喜《よろこ》んでおられるに違《ちが》いない」

(今川《いまがわ》にも忠義《ちゅうぎ》に厚《あつ》くて、勇敢《ゆうかん》な武将《ぶしょう》がいてよかったわ)

こうして、元信《もとのぶ》の武勇伝《ぶゆうでん》に今川《いまがわ》は励《はげ》まされたのですが――。

「ところで、あなた様《さま》はいつ、ご出陣《しゅつじん》を？」

しばらくしてから、安《やす》がこう訊《き》くと、氏真《うじざね》は「え？」と目《め》をみはり、困《こま》った顔《かお》になりました。

「そ、それは……――」

「お父上《ちちうえ》の仇《かたき》を討《う》ちたくはないのですか？」

「も、もちろん！　だが、私《わたし》は武士《ぶし》である前《まえ》に今川家《いまがわけ》の当主《とうしゅ》だ。領国内《りょうごくない》の混乱《こんらん》を抑《おさ》え、足元《あしもと》を固《かた》めるのが大事《だいじ》」

「駿府《すんぷ》には〝女戦国大名《おんなせんごくだいみょう》〟と謳《うた》われる、おばば様《さま》……寿桂尼様《じゅけいにさま》がおります。あなたが戦《いくさ》に出《で》かけても大丈夫《だいじょうぶ》ですよ？」

その頼《たの》もしい存在《そんざい》である寿桂尼《じゅけいに》も、

「氏真《うじざね》、すぐにでも戦《いくさ》を！　義元《よしもと》の仇《かたき》を討《う》つのです！」

と、孫《まご》をけしかけましたが、

「兵《へい》は皆《みな》、疲《つか》れております。いずれ時《とき》を見《み》て――」

肝心《かんじん》の嫡男《ちゃくなん》・氏真《うじざね》の腰《こし》は、なかなか上《あ》がることがなかったのです。

❖今川家悲《いまがわけかな》しや❖

義元《よしもと》が討《う》ち死《じ》にしたあと、駿府《すんぷ》では「お花畑《はなばたけ》」にまつわる不穏《ふおん》な噂《うわさ》が流《なが》れました。

「お花畑《はなばたけ》」は、第四代《だいだい》・範政《のりまさ》のとき、室町幕府第六代将軍《むろまちばくふだいだいしょうぐん》・足利義教《あしかがよしのり》が富士遊覧《ふじゆうらん》と称《しょう》して駿府《すんぷ》に下向《げこう》した折《おり》、将軍《しょうぐん》のために富士山《ふじさん》がよく見《み》える場所《ばしょ》に「望嶽亭《ぼうがくてい》」と名付《なづ》けた立派《りっぱ》な宿舎《しゅくしゃ》を建《た》て、その周《まわ》りにたくさんの花《はな》を植《う》えて歓迎《かんげい》の準備《じゅんび》を整《ととの》えたといわれる場所《ばしょ》です。

桶狭間《おけはざま》の前《まえ》に、その「お花畑《はなばたけ》」で義元《よしもと》が出陣《しゅつじん》の準備《じゅんび》をしていたとき、なぜか毎晩《まいばん》、女《おんな》の美《うつく》しい声《こえ》で拍子《ひょうし》を取《と》りながら、「熟《じゅく》し柿《がき》、熟《じゅく》し柿《がき》、或《あ》る身《み》の果《は》てぞ悲《かな》しけれ」と、歌《うた》う声《こえ》が聞《き》こえ、最後《さいご》には必《かなら》ず、「今川家悲《いまがわけかな》しや、今川家悲《いまがわけかな》しや……」と数人《すうにん》の女《おんな》がすすり泣《な》く声《こえ》がしたとか。

このお花畑《はなばたけ》を知《し》らべても誰《だれ》もいなかったそうですが、歌声《うたごえ》と数人《すうにん》の女《おんな》のすすり泣《な》く声《こえ》は、義元《よしもと》が出陣《しゅつじん》する前《まえ》の晩《ばん》まで続《つづ》いたという話《はなし》が残《のこ》っています。

3 駿甲同盟《すんこうどうめい》が破綻《はたん》する――永禄《えいろく》10年《ねん》（1567年《ねん》）――

「桶狭間《おけはざま》の戦《たたか》い」の翌年《よくとし》の永禄《えいろく》4年《ねん》（1561年《ねん》）4月《がつ》11日《にち》。松平元康《まつだいらもとやす》（のちの徳川家康《とくがわいえやす》）が牛久保城《うしくぼじょう》を攻撃《こうげき》し、今川家《いまがわけ》からの離反《りはん》を表明《ひょうめい》しました。元康《もとやす》は三河《みかわ》の大名《だいみょう》・松平家《まつだいらけ》の嫡男《ちゃくなん》で、松平《まつだいら》が今川《いまがわ》に降《くだ》った際《さい》に人質《ひとじち》として出《だ》され、義元《よしもと》の姪《めい》で養女《ようじょ》の瀬名姫《せなひめ》を正室《せいしつ》にしていましたが、義元《よしもと》が亡《な》くなったのを機《き》に松平《まつだいら》の本拠《ほんきょ》・岡《おか》崎城《ざきじょう》へ戻《もど》り、反旗《はんき》を翻《ひるがえ》したのです。

駿河《するが》の守護《しゅご》であった今川家《いまがわけ》は、第九代《だいだい》の義元《よしもと》でその版図《はんと》を広《ひろ》げ、遠江《とおとうみ》、三河《みかわ》へと西《にし》へ勢《せい》力《りょく》を伸《の》ばしました。

義元《よしもと》が亡《な》くなる以前《いぜん》に氏真《うじざね》はすでに今川家《いまがわけ》の家督《かとく》を譲《ゆず》り受《う》け、本拠《ほんきょ》の駿河《するが》をまかされていましたが、遠江《とおとうみ》と三河《みかわ》は義元《よしもと》の管轄《かんかつ》でしたので、氏真《うじざね》が権力《けんりょく》を掌握《しょうあく》しきれていないところから崩《くず》れていったのです。

哀《あわ》れなのは、駿府《すんぷ》の松平屋敷《まつだいらやしき》に残《のこ》されていた瀬名姫《せなひめ》とその子《こ》どもたち――竹千代《たけちよ》と亀姫《かめひめ》でした。瀬名《せな》の父《ちち》は今川《いまがわ》の親戚衆《しんせきしゅう》の関口親永《せきぐちちかなが》ですので、見《み》せしめに捕《と》らえられるという事《じ》態《たい》は避《さ》けられていましたが……。

この瀬名《せな》に、その後《ご》、次々《つぎつぎ》と悲劇《ひげき》が襲《おそ》いかかりました。

松平《まつだいら》との戦《いくさ》は長引《ながび》き、翌年《よくとし》の永禄《えいろく》5年《ねん》（1562年《ねん》）2月《がつ》4日《よっか》、三河《みかわ》の上ノ郷城《かみのごうじょう》の鵜殿《うどの》長照《ながてる》が討《う》ち取《と》られ――。

その際《さい》、長照《ながてる》の息子《むすこ》ふたりが松平《まつだいら》に生《い》け捕《ど》られ、元康《もとやす》が人質《ひとじち》に取《と》ったこの息子《むすこ》たちと、駿府《すんぷ》にいる妻《つま》と子《こ》どもたちとの交換《こうかん》を求《もと》めてきて、それが成立《せいりつ》しました。

ですが、その後《ご》、

「関口《せきぐち》が松平《まつだいら》に通《つう》じた」

として関口親永《せきぐちちかなが》と妻《つま》・水名《みな》を自害《じがい》に追《お》い込《こ》んでしまったのです。

その頃《ころ》、氏真《うじざね》は松平《まつだいら》との戦《いくさ》のために三河《みかわ》の牛久保城《うしくぼじょう》に入《はい》っていたので、人質交換《ひとじちこうかん》は氏真《うじざね》の駿府《すんぷ》不在《ふざい》をいいことに密《ひそ》かに進《すす》められたことでした。

それに対《たい》する怒《いか》りも加《くわ》えて、「親戚衆《しんせきしゅう》といえど容赦《ようしゃ》はしない」という氏真《うじざね》の意志《いし》の表《あらわ》れだったのです。

けれど、これは家中《かちゅう》の者《もの》たちに示《しめ》しをつけるどころか、反発《はんぱつ》を買《か》ってしまい――。

同《おな》じ頃《ころ》、氏真《うじざね》にとって衝撃的《しょうげきてき》な出来事《できごと》が起《お》きました。

甲斐《かい》を追放《ついほう》されて今川《いまがわ》に身《み》を寄《よ》せていた祖父《そふ》・信虎《のぶとら》が、自分《じぶん》を追《お》い出《だ》したはずの息子《むすこ》・信玄《しんげん》に「今川《いまがわ》を討《う》て」と密書《みっしょ》を出《だ》し、今川《いまがわ》の家臣《かしん》たちを武田《たけだ》に寝返《ねがえ》らせようと暗躍《あんやく》していたことが判明《はんめい》したのです。

信虎《のぶとら》は氏真《うじざね》の亡《な》き母《はは》の父《ちち》――つまり、氏真《うじざね》にとっては血《ち》のつながった祖父《そふ》ですので、もっとも近《ちか》しい人間《にんげん》のひとりです。

「じじ様《さま》……いや、信虎《のぶとら》を今川《いまがわ》から追《お》い出《だ》せ！」

怒《いか》り心頭《しんとう》に発《はっ》した氏真《うじざね》は、祖父《そふ》をただちに駿府《すんぷ》から追放《ついほう》しました。

その後《ご》も今川《いまがわ》にとって頭《あたま》の痛《いた》いことが続《つづ》きました。

その年《とし》の秋《あき》も深《ふか》まってきた頃《ころ》、今度《こんど》は遠江《とおとうみ》の井伊《いい》直親《なおちか》が元康《もとやす》に通《つう》じ、謀叛《むほん》を企《くわだ》てているという噂《うわさ》が聞《き》こえてきました。直親《なおちか》は元康《もとやす》の正室《せいしつ》・瀬名《せな》の母方《ははかた》の従兄《いとこ》にあたるので、元康《もとやす》が取《と》り込《こ》んだようです。

「直親《なおちか》にすぐに駿府《すんぷ》へ来《く》るよう伝《つた》えよ！」

怒《おこ》った氏真《うじざね》は直親《なおちか》を弁明《べんめい》のために駿府《すんぷ》へ来《く》るよう呼《よ》び出《だ》し、その一方《いっぽう》で掛川城《かけがわじょう》の朝比奈《あさひな》泰朝《やすとも》に命《めい》じて、駿府《すんぷ》へ向《む》かう途中《とちゅう》、城下《じょうか》を通《とお》りかかった直親《なおちか》を誅殺《ちゅうさつ》してしまいました。

こうした三河《みかわ》や遠江《とおとうみ》で離反者《りはんしゃ》が相次《あいつ》いだ流《なが》れを、氏真《うじざね》は「三州錯乱《さんしゅうさくらん》」だの「遠州忩劇《えんしゅうそうげき》」だのと呼《よ》んで憤《いきどお》り、または嘆《なげ》きましたが、ほとんど手《て》をこまねいて見《み》ているしかない状態《じょうたい》で……。

そんな中《なか》、永禄《えいろく》8年《ねん》（1565年《ねん》）10月《がつ》、甲斐《かい》で異変《いへん》が起《お》きました。

氏真《うじざね》の妹《いもうと》・春姫《はるひめ》（のちの嶺松院《れいしょういん》）が「駿甲同盟《すんこうどうめい》」の証《あかし》として、武田《たけだ》の嫡男《ちゃくなん》・義信《よしのぶ》に嫁《とつ》いでいたのですが、その義信《よしのぶ》が父《ちち》・信玄《しんげん》に対《たい》して謀叛《むほん》を企《くわだ》てた罪《つみ》で幽閉《ゆうへい》されたというのです。

そして、二年後《ねんご》の永禄《えいろく》10年《ねん》（1567年《ねん》）10月《がつ》19日《にち》、義信《よしのぶ》が自害《じがい》させられ……翌月《よくげつ》、安《やす》の実家《じっか》・北条氏《ほうじょうし》の仲介《ちゅうかい》で春姫《はるひめ》が駿府《すんぷ》へ戻《もど》ってくることになりました。

その際《さい》、信玄《しんげん》は氏真《うじざね》のほうから「妹《いもうと》を帰《かえ》してほしい」としたためた書状《しょじょう》を出《だ》せ、と言《い》ってきました。

「武田《たけだ》は春姫《はるひめ》を大事《だいじ》に扱《あつか》っていたが、今川《いまがわ》が帰《かえ》せというので仕方《しかた》なく帰《かえ》した」

という体裁《ていさい》を取《と》るためです。

「おのれ、信玄《しんげん》……！」

氏真《うじざね》は当然《とうぜん》、怒《いか》りで震《ふる》えましたが、大事《だいじ》な妹《いもうと》を引《ひ》き取《と》るため、我慢《がまん》して筆《ふで》を執《と》りました。

そうして、春《はる》は無事《ぶじ》に駿府《すんぷ》へ戻《もど》され――。

「兄上《あにうえ》……義父上《ちちうえ》は……いえ、信玄《しんげん》はひどい人《ひと》です。今川《いまがわ》との同盟《どうめい》を大事《だいじ》に思《おも》う義信様《よしのぶさま》を自害《じがい》に追《お》い込《こ》んだのです……！」

大事《だいじ》な嫡男《ちゃくなん》を廃《はい》してまで、今川《いまがわ》との同盟《どうめい》を絶《た》った信玄《しんげん》の狙《ねら》いは、駿河《するが》や遠江《とおとうみ》の前《まえ》に広《ひろ》がる海《うみ》でした。

豊富《ほうふ》な海産物《かいさんぶつ》や、各地《かくち》を船《ふね》で結《むす》び交易《こうえき》を行《おこな》える港《みなと》――。

山国《やまぐに》の甲斐《かい》にとって、海《うみ》はのどから手《て》が出《で》るほどほしいものなのです。

「信玄《しんげん》め……許《ゆる》さん！」

氏真《うじざね》は北条《ほうじょう》と謀《はか》り、甲斐《かい》への「塩止《しおど》め」を決行《けっこう》しました。

けれど、これは越後《えちご》の上杉《うえすぎ》が甲斐《かい》の民《たみ》が困《こま》っているのを捨《す》て置《お》けず、商人《しょうにん》たちが甲斐《かい》へ塩《しお》を運《はこ》ぶのを黙認《もくにん》したため、たいした打撃《だげき》を与《あた》えられませんでした。

駿府《すんぷ》へ戻《もど》ってきた春《はる》は、義信《よしのぶ》との間《あいだ》に生《う》まれた幼《おさな》い姫《ひめ》を抱《だ》きしめ、泣《な》いてばかりいます。

(なんなの、これは)

義妹《いもうと》の春《はる》を見《み》ているうちに、安《やす》の心《こころ》の底《そこ》に静《しず》かに怒《いか》りが溜《た》まっていきました。

(武田信玄《たけだしんげん》は血《ち》のつながりなど、なんとも思《おも》わない人《ひと》なのね。春姫様《はるひめさま》は自身《じしん》の姪《めい》でもあるのに)

(そういえば、信虎様《のぶとらさま》もひどかったわね。自分《じぶん》の孫《まご》を攻《せ》めろ、だなんて。長年世話《ながねんせわ》になった今川《いまがわ》への恩《おん》も忘《わす》れてよくもまあ……)

(北条《ほうじょう》の父上《ちちうえ》や兄上《あにうえ》は大丈夫《だいじょうぶ》よね？　春姫様《はるひめさま》を引《ひ》き取《と》る際《さい》、仲介《ちゅうかい》してくれたし。母上《ははうえ》はもとは今川《いまがわ》の姫《ひめ》だし、今川《いまがわ》との同盟《どうめい》はそう簡単《かんたん》に壊《こわ》れやしないわよね？)

今川《いまがわ》の人質《ひとじち》となっていた兄《あに》・氏規《うじのり》は、数年前《すうねんまえ》にすでに北条《ほうじょう》へ戻《もど》されています。

それだけに、北条《ほうじょう》と今川《いまがわ》の同盟《どうめい》の証《あかし》としての自分《じぶん》の存在《そんざい》は以前《いぜん》よりは重《おも》いはずだと、安《やす》は思《おも》いました。

(わたしは春姫様《はるひめさま》のようになりたくない。北条《ほうじょう》と今川《いまがわ》の間《あいだ》になにかあれば、絶対《ぜったい》に止《と》めてみせる！　女《おんな》は無力《むりょく》だなんて、わたしは思《おも》わない。わたしだって、おばば様《さま》のように、今《いま》川《がわ》のためになにかできることがあるはずだわ）

〝女戦国大名《おんなせんごくだいみょう》〟とまで謳《うた》われた祖母《そぼ》の寿桂尼《じゅけいに》は、安《やす》にとってあこがれの存在《そんざい》です。

けれど、その寿桂尼《じゅけいに》が病《やまい》に倒《たお》れ――。

永禄《えいろく》11年《ねん》（１５６８年《ねん》）３月《がつ》24日《か》、静《しず》かに息《いき》を引《ひ》き取《と》ってしまったのです。

❖早川殿《はやかわどの》の生母《せいぼ》・瑞渓院《ずいけいいん》とは❖

早川殿《はやかわどの》の生母《せいぼ》・瑞渓院《ずいけいいん》（作中《さくちゅう》では照姫《てるひめ》）。父《ちち》は今川家《いまがわけ》第《だい》七代《だい》・氏親《うじちか》、母《はは》は寿桂尼《じゅけいに》で、第《だい》九代《だい》の義《よし》元《もと》は弟《おとうと》にあたると言《い》われています。北条家《ほうじょうけ》・第《だい》三代《だい》の氏康《うじやす》とは天文《てんぶん》4年《ねん》（1535年《ねん》）に結婚《けっこん》し、五男《なん》二女《じょ》に恵《めぐ》まれました。

夫《おっと》・氏康《うじやす》が元亀《げんき》2年《ねん》（1571年《ねん》）に亡《な》くなってから、十九年後《ねんご》――。孫《まご》の第《だい》五代《だい》・氏直《うじなお》の時《じ》代《だい》に小田原城《おだわらじょう》は秀吉《ひでよし》による「小田原攻《おだわらぜ》め」で二十二万《まん》もの大軍《たいぐん》に囲《かこ》まれ、天正《てんしょう》18年《ねん》（1590年《ねん》）7月《がつ》に降伏《こうふく》し、開城《かいじょう》するのですが、瑞渓院《ずいけいいん》はその前《まえ》――6月《がつ》22日《にち》に亡《な》くなっています。死因《しいん》は不《ふ》明《めい》ですが、黄梅院《おうばいいん》と離縁《りえん》したのちに氏政《うじまさ》の継室《けいしつ》となった鳳翔院《ほうしょういん》も同《おな》じ日《ひ》に亡《な》くなっているので、ふたりして自害《じがい》したと考《かんが》えられています。降伏後《こうふくご》、息子《むすこ》の氏政《うじまさ》は戦《いくさ》を招《まね》いたとして秀吉《ひでよし》から切腹《せっぷく》を申《もう》し付《つ》けられ、孫《まご》の氏直《うじなお》は高野山《こうやさん》に送《おく》られましたが、のちに病死《びょうし》。こうして、戦国大名《せんごくだいみょう》としての北条《ほうじょう》は滅亡《めつぼう》してしまうのです。

4　今川《いまがわ》滅亡《めつぼう》――永禄《えいろく》12年《ねん》（1569年《ねん》）――

寿桂尼《じゅけいに》は今川《いまがわ》の行《ゆ》く末《すえ》を憂《うれ》い、亡《な》くなる前《まえ》に、今川館《いまがわやかた》の艮《うしとら》の方角《ほうがく》に寺《てら》を建《た》て、そこに葬《ほうむ》るよう氏真《うじざね》に遺言《ゆいごん》しました。

今川館《いまがわやかた》の鬼門《きもん》に自《みずか》らの魂《たましい》を置《お》き、〝死《し》しても今川《いまがわ》の守護《しゅご》たらん〟と、寿桂尼《じゅけいに》は考《かんが》えたのです。

そして、安《やす》は寿桂尼《じゅけいに》の直轄領《ちょっかつりょう》を引《ひ》き継《つ》ぎ、管理《かんり》することになりました。

（おばば様《さま》、わたしは今川《いまがわ》のためにがんばりますとも！）

11月《がつ》11日《にち》、安《やす》は峯叟院《ほうそういん》宛《あ》ての発給文書《はっきゅうぶんしょ》を作《つく》り、「幸菊《こうぎく》」の印判《いんばん》を押《お》しました。その印《いん》を押《お》したとき、安《やす》はちょっと誇《ほこ》らしい気分《きぶん》になりました。偉大《いだい》な祖母《そぼ》に少《すこ》しでも近《ちか》づけたような気《き》がしたからです。

けれど、翌月《よくげつ》の12月6日《がつむいか》、ついに恐《おそ》れていた事態《じたい》が起《お》きました。

甲斐《かい》の武田信玄《たけだしんげん》が駿河《するが》に向《む》けて出陣《しゅつじん》したのです。

「武田《たけだ》を迎《むか》え討《う》て！」

氏真《うじざね》は清見寺《せいけんじ》に本陣《ほんじん》を構《かま》え、ここで指揮《しき》を執《と》ることにし、一万《まん》五千《せん》もの大軍《たいぐん》を薩埵峠《さったとうげ》に向《む》かわせました。

が、重臣《じゅうしん》が何人《なんにん》も裏切《うらぎ》って武田《たけだ》へ寝返《ねがえ》ったため、戦《いくさ》らしい戦《いくさ》ができずに、すぐに駿府《すんぷ》に逃《に》げ戻《もど》ってきたのです。

「賤機山城《しずはたやまじょう》に移《うつ》るぞ！」

今川館《いまがわやかた》は平時《へいじ》の居館《きょかん》ですので、防御《ぼうぎょ》にむいていません。それで詰《つ》めの城《しろ》である賤機山城《しずはたやまじょう》に籠《こ》もって、そこで態勢《たいせい》を立《た》て直《なお》そうと考《かんが》えたのです。

この城《しろ》は臨済寺《りんざいじ》の背後《はいご》の山《やま》にあるので、容易《ようい》には攻《せ》め落《お》とされないでしょう。

「賤機山城《しずはたやまじょう》に籠《こ》もって北条《ほうじょう》の援軍《えんぐん》を待《ま》ち、武田軍《たけだぐん》を挟《はさ》み撃《う》ちにする！」

ですが、また氏真《うじざね》の作戦《さくせん》は外《はず》れました。

「氏真様《うじざねさま》、大変《たいへん》です！　賤機山城《しずはたやまじょう》はすでに武田《たけだ》に占領《せんりょう》されています！」

「ここは掛川《かけがわ》までお引《ひ》きください！」

遠江《とおとうみ》の掛川城《かけがわじょう》はもっとも信頼《しんらい》できる重臣《じゅうしん》・朝比奈泰朝《あさひなやすとも》の城《しろ》です。

氏真《うじざね》はさっそく向《む》かうことにし、安《やす》たちを急《いそ》がせました。

「安《やす》、すぐに逃《に》げるぞ！」

「けれど、奥方様《おくがたさま》の輿《こし》の用意《ようい》が……」

申《もう》し訳《わけ》なさそうに言《い》った侍女《じじょ》に、安《やす》は首《くび》を振《ふ》りました。

「いいわよ、自分《じぶん》の足《あし》があるんだもの。こんなときに悠長《ゆうちょう》に輿《こし》になんか乗《の》っていられないわ！」

うかうかしていると、今川館《いまがわやかた》もいつ敵《てき》に囲《かこ》まれるかわかりません。

「春姫様《はるひめさま》もいいわね!?」

「は、はい……」

春《はる》も幼《おさな》い姫《ひめ》の手《て》を引《ひ》き、ともに館《やかた》を出《で》ました。

東海道《とうかいどう》は敵軍《てきぐん》に封鎖《ふうさ》されていると考《かんが》え、敵《てき》に見《み》つからないよう、細《ほそ》い山道《やまみち》を行《い》くことになりました。

（このわたしが徒跣《かちはだし》で逃《に》げるはめになるなんて！）

慣《な》れない山道《やまみち》を行《い》くのはきついものがありましたが、あの氏真《うじざね》ですら文句《もんく》を言《い》わずに歩《ある》いているので、安《やす》は自分《じぶん》も「弱音《よわね》を吐《は》かない」と決《き》め、懸命《けんめい》に歩《ある》き続《つづ》けました。

そうして、一行《いっこう》は15日《にち》に掛川城《かけがわじょう》に到着《とうちゃく》。

この強行軍《きょうこうぐん》には最初《さいしょ》、二千《せん》の兵《へい》が付《つ》き従《したが》っていましたが、掛川《かけがわ》に着《つ》く頃《ころ》には百《ひゃく》に減《へ》っていました。

氏真《うじざね》は掛川城《かけがわじょう》に立《た》て籠《こ》もりましたが、ここも徳川軍《とくがわぐん》にすぐに包囲《ほうい》されてしまいました。

実《じつ》は武田《たけだ》と徳川《とくがわ》は密約《みつやく》を結《むす》び、武田《たけだ》は甲斐《かい》から駿河《するが》へ、徳川《とくがわ》は三河《みかわ》から遠江《とおとうみ》へ——と同時《どうじ》に侵攻《しんこう》を開始《かいし》していたのです。

家康《いえやす》は周辺《しゅうへん》に砦《とりで》をいくつも作《つく》り、掛川城《かけがわじょう》を包囲《ほうい》しました。

激《はげ》しい戦《いくさ》が幾度《いくど》も行《おこな》われましたが、三千《ぜん》もの城兵《じょうへい》を抱《かか》えた掛川城《かけがわじょう》は難攻不落《なんこうふらく》。なかなか落《お》ちません。

こうして、籠城《ろうじょう》したまま、年《とし》が暮《く》れ……。

業《ごう》を煮《に》やした家康《いえやす》が、

「武田《たけだ》を追《お》い出《だ》したら、いずれ今川《いまがわ》の名《な》のもとに駿河《するが》を回復《かいふく》する」

と和睦《わぼく》を持《も》ちかけてきました。

家康《いえやす》は武田《たけだ》と通《つう》じて遠江《とおとうみ》の侵攻《しんこう》を進《すす》めましたが、武田軍《たけだぐん》が約束《やくそく》を破《やぶ》って徳川軍《とくがわぐん》にも攻撃《こうげき》をしてきたので信用《しんよう》ならないと思《おも》ったのです。

「話《はなし》がうますぎる……」

「氏真様《うじざねさま》、どうなさいますか？　籠城《ろうじょう》を続《つづ》けるにも限界《げんかい》がありますぞ」

家臣《かしん》たちが疲《つか》れ切《き》った顔《かお》で、氏真《うじざね》を見《み》ます。

「しばらく、ひとりにしてくれ」

氏真《うじざね》は奥《おく》へ引《ひ》っ込《こ》み、しまいこんでいた荷物《にもつ》の中《なか》から鞠《まり》をひとつ取《と》り出《だ》しました。それは昔《むかし》、山科言継《やましなときつぐ》から贈《おく》られた蹴鞠用《けまりよう》の鞠《まり》です。

氏真《うじざね》はじっと鞠《まり》を見《み》つめ、安《やす》はそんな夫《おっと》の横顔《よこがお》をじっと見《み》つめました。

夫《おっと》がなにを考《かんが》えているのかわかりませんが――。

鞠《まり》を手《て》にしたまま、なかなか動《うご》かない氏真《うじざね》に、安《やす》はこう言《い》いました。

「あなたにお話《はなし》があります。小田原《おだわら》へまいりましょう」

「……小田原《おだわら》へ？」

「ええ、わたしの実家《じっか》、北条《ほうじょう》を頼《たよ》りにすればいいのです」

「だが、私《わたし》は今川《いまがわ》の当主《とうしゅ》として――」

氏真《うじざね》は苦《にが》い顔《かお》をしました。城《しろ》を明《あ》け渡《わた》して妻《つま》の実家《じっか》に逃《に》げ込《こ》むなど、みっともない真似《まね》はできない、と思《おも》っているのでしょう。

（あなたがこんな感《かん》じだから、今川《いまがわ》は窮地《きゅうち》に陥《おちい》ったのよ！）

安《やす》の我慢《がまん》は限界《げんかい》に達《たっ》していました。

（親《おや》の仇討《かたきう》ちには尻込《しりご》みして出《で》ないわ、離反《りはん》した家臣《かしん》の家族《かぞく》を見《み》せしめに磔《はりつけ》にするわ、実《じつ》の祖父《そふ》に見限《みかぎ》られるわ……あーもうっ、数《かぞ》え上《あ》げたらきりがないわ！）

握《にぎ》った拳《こぶし》が怒《いか》りで震《ふる》えてきて、安《やす》は着物《きもの》の袖《そで》でそれを隠《かく》しました。

（怒《おこ》ってはだめ！　こんな方《かた》でも、わたしの夫《おっと》！　おばば様《さま》のようにはできないかもしれないけれど、わたしはわたしのやり方《かた》で今川《いまがわ》を救《すく》うわ！）

安《やす》は氏真《うじざね》の正面《しょうめん》に回《まわ》り込《こ》み、鞠《まり》を取《と》り上《あ》げました。

「戦《いくさ》が下手《へた》なくせになにに言《い》ってるんですか⁉　蹴鞠《けまり》で戦《いくさ》の決着《けっちゃく》がつけられるなら、あなたは無敵《むてき》でしょうよ！　けど、そんなに甘《あま》い世《よ》の中《なか》じゃありません。今《いま》のままでは今川《いまがわ》は完《かん》全《ぜん》に滅《ほろ》びます。今《いま》は家名《かめい》を残《のこ》すことをお考《かんが》えくださいませ！」

「家名《かめい》を、残《のこ》す？」

「はい、生《い》きていれば、いつか今川再興《いまがわさいこう》も果《は》たせましょう。それにわたしはまだ妻《つま》としての仕事《しごと》をなしていません。男児《だんじ》を産《う》んで、今川《いまがわ》を継承《けいしょう》してもらわなければ！　それには、あなた様《さま》のお力《ちから》も必要《ひつよう》なのですよ？　まだ子《こ》どももいないうちに、あなた様《さま》が死《し》んだら、本当《ほんとう》に滅《ほろ》んでしまうわ」

「……ははは
っ」

氏真《うじざね》は笑《わら》い出《だ》し、額《ひたい》に手《て》をあてました。

「そなたはずっと子《こ》どもだと思《おも》っていたのに、まいったな。はははっ、そうだな、子《こ》どもを作《つく》らねばな。そのためにも――」

「生《い》き延《の》びましょう！」

真剣《しんけん》な顔《かお》で、安《やす》は夫《おっと》の手《て》を取《と》りました。


永禄《えいろく》12年《ねん》（１５６９年《ねん》）５月《がつ》、氏真《うじざね》は掛川城《かけがわじょう》を徳川《とくがわ》に明《あ》け渡《わた》し、蒲原城《かんばらじょう》に移《うつ》りました。安《やす》の兄《あに》・北条氏政《ほうじょううじまさ》がここで妹夫婦《いもうとふうふ》を引《ひ》き取《と》ることになったのです。


23日《にち》、氏真《うじざね》は氏政《うじまさ》の嫡男《ちゃくなん》・国王丸《くにおうまる》（のちの氏直《うじなお》）を養子《ようし》にし、北条《ほうじょう》の庇護《ひご》を受《う》けることになり、国王丸《くにおうまる》の後見《こうけん》として氏政《うじまさ》が駿河《するが》統治《とうち》に乗《の》り出《だ》すことになりました。

こうして、戦国大名《せんごくだいみょう》としての今川氏《いまがわし》は滅亡《めつぼう》したのです。

❖今川氏真《いまがわうじざね》の逃避行《とうひこう》ルート❖

信玄《しんげん》は駿河《するが》を奪取《だっしゅ》したのちに駿府《すんぷ》を本拠《ほんきょ》として使《つか》うつもりはなかったようで、今川館《いまがわやかた》だけでなく駿府《すんぷ》の町《まち》や寺院《じいん》も、ことごとく焼《や》き払《はら》いました。

駿府《すんぷ》にいられなくなった氏真《うじざね》は親戚衆《しんせきしゅう》の朝比奈泰朝《あさひなやすとも》を頼《たよ》って掛川城《かけがわじょう》を目指《めざ》すしかなく――。静《しず》岡県《おかけん》の各地《かくち》に「殿《と》ン場《ば》平《だいら》」や「ケチ山《やま》（徒山《かちやま》）」などの地名《ちめい》が残《のこ》っていることから、氏真《うじざね》や早川殿《はやかわどの》が徒歩《とほ》で逃《に》げたルートはある程度《ていど》、特定《とくてい》されているようです。

さて、氏真《うじざね》が逃《に》げ込《こ》んだあと、掛川城《かけがわじょう》は徳川家康《とくがわいえやす》に攻《せ》められてしまいます。この「掛川城《かけがわじょう》の戦《たたか》い」では、井戸《いど》から立《た》ち込《こ》めた霧《きり》が城《しろ》を包《つつ》み、徳川軍《とくがわぐん》の攻撃《こうげき》から守《まも》ったという伝説《でんせつ》もあり、この井戸《いど》は「霧吹《きりふ》き井戸《いど》」として現在《げんざい》も掛川城址《かけがわじょうし》に残《のこ》されています。

掛川城《かけがわじょう》はなかなか落《お》ちなかったのですが、結局《けっきょく》は「駿河《するが》から武田《たけだ》を追《お》い払《はら》ったら、氏真《うじざね》に駿河《するが》を返《かえ》す」という家康《いえやす》の口車《くちぐるま》に乗《の》せられ、開城《かいじょう》。氏真《うじざね》は早川殿《はやかわどの》の実家《じっか》、北条《ほうじょう》を頼《たよ》り、相模《さがみ》へと落《お》ちていくことになりました。

5　夫《おっと》・氏真《うじざね》が京《きょう》で信長《のぶなが》と会見《かいけん》する——天正《てんしょう》3年《ねん》（1575年《ねん》）——

元亀元年《げんきがんねん》（1570年《ねん》）、安《やす》は結婚《けっこん》十六年目《ねんめ》にして待望《たいぼう》の男児《だんじ》を出産《しゅっさん》しました。

「本当《ほんとう》に男児《だんじ》を生《う》んでみせるとは、さすが〝相模《さがみ》の獅子《しし》〟の娘《むすめ》だな」

氏真《うじざね》はうれしそうに我《わ》が子《こ》を抱《だ》いてあやしていましたが、

「世《よ》が世《よ》なら、この子《こ》は名門《めいもん》・今川家《いまがわけ》の十一代目《だいめ》として……」

と暗《くら》い顔《かお》をしたので、安《やす》は叱《しか》り飛《と》ばしました。

「今川《いまがわ》はまだ終《お》わってません！　あなたがそんなことでは、支援《しえん》してくださっている北条《ほうじょう》の皆《みな》さまに愛想《あいそ》をつかされてしまいますよ？」

「そ、そうだな。ははは、悪《わる》かった、悪《わる》かった」

氏真《うじざね》と安《やす》、春姫《はるひめ》とその娘《むすめ》、家臣《かしん》とその一家《いっか》は皆《みな》、北条家初代《ほうじょうけしょだい》・早雲《そううん》の息子《むすこ》で、北条家《ほうじょうけ》の重鎮《じゅうちん》・幻庵《げんあん》の所領《しょりょう》、小田原《おだわら》の早川《はやかわ》という土地《とち》で世話《せわ》になっていました。北条《ほうじょう》は「相駿同《そうすんどう》盟《めい》」を重《おも》んじて氏真《うじざね》を見捨《みす》てず、安住《あんじゅう》の地《ち》を与《あた》えてくれたのです。

小田原《おだわら》に戻《もど》ってきてから早川《はやかわ》に住《す》んだので、いつしか安《やす》は「早川殿《はやかわどの》」と呼《よ》ばれるようになっていました。

「小田原《おだわら》でこの子《こ》を育《そだ》てて、やがては今川《いまがわ》の再興《さいこう》を果《は》たすのです！」

そう息巻《いきま》いていた安《やす》でしたが、また状況《じょうきょう》が変《か》わりました。

翌年《よくとし》の元亀《げんき》2年《ねん》（1571年《ねん》）10月《がつ》、安《やす》の父《ちち》・氏康《うじやす》が亡《な》くなったのです。

そして、12月《がつ》には北条《ほうじょう》が武田《たけだ》と和睦《わぼく》し、「相甲同盟《そうこうどうめい》」が復活《ふっかつ》しました。

（今川《いまがわ》を滅《ほろ》ぼした武田《たけだ》とふたたび結《むす》ぶなんて……！）

ある日《ひ》、安《やす》は孫《まご》の顔《かお》を見《み》に来《き》た母《はは》・照姫《てるひめ》に、自分《じぶん》たちの決心《けっしん》を告《つ》げました。

「母上《ははうえ》、わたしたち、義元公《よしもとこう》の十三回忌《かいき》を終《お》えたら、小田原《おだわら》を出《で》ていきます」

「安《やす》、ごめんなさいね……。今川《いまがわ》は私《わたし》の実家《じっか》でもあるのに、なにも力《ちから》になれなくて」

照《てる》は申《もう》し訳《わけ》なさそうに、深《ふか》いため息《いき》をつきました。

「それにしても、今川《いまがわ》に嫁《とつ》いだら一生安泰《いっしょうあんたい》だったはずなのにねえ……」

「母上《ははうえ》、もう昔《むかし》の話《はなし》ですよ。それに、北条《ほうじょう》には充分《じゅうぶん》お世話《せわ》になり、感謝《かんしゃ》しています」

そうして、元亀《げんき》3年《ねん》（1572年《ねん》）5月《がつ》19日《にち》、氏真《うじざね》が早川《はやかわ》の久翁寺《きゅうおうじ》で亡《な》き父《ちち》・義元《よしもと》の十三回忌《かいき》を営《いとな》んだあと、安《やす》たちは折《おり》を見《み》て小田原《おだわら》を離《はな》れることにしました。

だからといって、駿河《するが》には戻《もど》れません。「相甲同盟《そうこうどうめい》」の復活《ふっかつ》により、駿河《するが》の大部分《だいぶぶん》は武《たけ》田《だ》のものになってしまったからです。

行《い》く先《さき》が決《き》まらぬまま、小田原《おだわら》でずるずると過《す》ごしているうちに、また状況《じょうきょう》が変《か》わりました。

この年《とし》の11月《がつ》、武田《たけだ》が織田《おだ》との同盟《どうめい》を破《やぶ》って、織田《おだ》の盟友《めいゆう》である徳川《とくがわ》に侵攻《しんこう》し、三方《みかた》ヶ《が》原《はら》にて激突《げきとつ》したのです。この戦《いくさ》は徳川《とくがわ》の惨敗《ざんぱい》に終《お》わりましたが、こうして、武田《たけだ》・北条《ほうじょう》と織田《おだ》・徳川《とくがわ》という図式《ずしき》ができあがり……。

「こうなれば、織田《おだ》と徳川《とくがわ》を頼《たよ》ろう！」

と氏真《うじざね》が言《い》い出《だ》し、さすがの安《やす》もこれには驚《おどろ》きました。

「あなた、いきなり、なにを？　織田《おだ》は亡《な》きお父上《ちちうえ》の仇《かたき》で、徳川《とくがわ》は今川《いまがわ》を裏切《うらぎ》った不届《ふとど》き者《もの》ですよ？　それを忘《わす》れたのですか？」

安《やす》が目《め》をむくと、氏真《うじざね》がにやりと笑《わら》いました。

「北条《ほうじょう》が武田《たけだ》と結《むす》んでいる今《いま》、駿河《するが》を取《と》り戻《もど》すには織田《おだ》と徳川《とくがわ》を頼《たよ》るほかない。遠江《とおとうみ》へ行《い》くぞ。さっそく船《ふね》の手配《てはい》をせねば」

そうして、年《とし》が明《あ》けて元亀《げんき》4年《ねん》（1573年《ねん》）、春《はる》には安《やす》たちの姿《すがた》は遠江《とおとうみ》の浜松城《はままつじょう》にありました。ここは徳川家康《とくがわいえやす》の本拠《ほんきょ》です。

「家康殿《いえやすどの》、例《れい》の約束《やくそく》、待《ま》ちきれずに訪《たず》ねてきてしまいました」

突然《とつぜん》、現《あらわ》れた氏真《うじざね》たちを見《み》て、家康《いえやす》は驚《おどろ》いた顔《かお》をしました。

「例《れい》の約束《やくそく》？　はて……なにしにここへ？」

「掛川城《かけがわじょう》を明《あ》け渡《わた》すときに、言《い》っていたではありませんか。武田《たけだ》を追《お》い出《だ》したら、いずれ今川《いまがわ》の名《な》のもとに駿河《するが》を回復《かいふく》すると」

「え……いや、武田《たけだ》とはまだ決着《けっちゃく》が……」

「信玄《しんげん》は病《やまい》に倒《たお》れたという噂《うわさ》。駿河《するが》が徳川《とくがわ》の手《て》に落《お》ちるのも時間《じかん》の問題《もんだい》でしょう。ははは っ」

しれっ、と言《い》ってのけた氏真《うじざね》に、家康《いえやす》は言葉《ことば》を詰《つ》まらせましたが、

（落《お》ちぶれたとはいえ、今川《いまがわ》は名門《めいもん》……。少《すこ》しは役《やく》に立《た》つだろう）

と考《かんが》え、信長《のぶなが》の許可《きょか》を得《え》て手元《てもと》に置《お》くことにしました。

なにはともあれ、これで一安心《ひとあんしん》です。

こうして安《やす》たちが浜松《はままつ》に着《つ》いたあと、すぐに家臣《かしん》の朝比奈泰勝《あさひなやすかつ》が追《お》いかけてきました。

掛川城主《かけがわじょうしゅ》だった朝比奈泰朝《あさひなやすとも》の一族《いちぞく》の者《もの》です。

「私《わたし》は死《し》ぬまで今川《いまがわ》に忠義《ちゅうぎ》を尽《つ》くします！　おそばに置《お》いてください」

「泰勝《やすかつ》、そちの忠義《ちゅうぎ》にこの氏真《うじざね》、心《こころ》を打《う》たれたぞ。駿河奪還《するがだっかん》を果《は》たし、本意《ほんい》を遂《と》げた折《おり》には、これまでの忠節《ちゅうせつ》に報《むく》いて褒美《ほうび》を与《あた》えよう」

「ははっ！」

美《うつく》しい主従愛《しゅじゅうあい》に、見《み》ていた安《やす》も胸《むね》が熱《あつ》くなりました。

（今川《いまがわ》がこれだけ落《お》ちぶれてもついてきてくれるなんて……。氏真様《うじざねさま》は決《けっ》して人望《じんぼう》がないわけじゃないのよね）

それに、親《おや》の仇《かたき》である織田《おだ》や今川《いまがわ》を裏切《うらぎ》った徳川《とくがわ》を頼《たよ》ろうと考《かんが》えるなど、どこか大胆《だいたん》な一面《いちめん》があります。

(もしかしたら、この人《ひと》は本当《ほんとう》に駿河《するが》を取《と》り戻《もど》せるかもしれないわ)

その日《ひ》が来《く》るのを信《しん》じ、安《やす》は夫《おっと》を支《ささ》えていこうと改《あらた》めて思《おも》いました。


安《やす》たちが浜松《はままつ》に身《み》を寄《よ》せた翌月《よくげつ》、武田信玄《たけだしんげん》が亡《な》くなったという情報《じょうほう》が入《はい》りました。

が、武田《たけだ》はいまだ強大《きょうだい》で、織田《おだ》や徳川《とくがわ》がそう簡単《かんたん》に滅《ほろ》ぼせるはずもありません。

そうして、また時《とき》が流《なが》れ――。

天正《てんしょう》3年《ねん》(1575年《ねん》)正月《しょうがつ》、氏真《うじざね》は京《きょう》へ上《のぼ》ることになりました。珍《めずら》しい品《しな》が好《す》きな信《のぶ》長《なが》に近《ちか》づくために今川家《いまがわけ》に伝《つた》わる名品《めいひん》「千鳥《ちどり》の香炉《こうろ》」を献上《けんじょう》したところ、京《きょう》で会《あ》う運《はこ》びとなったのです。

「安《やす》、京《きょう》に行《い》けるぞ! すぐ支度《したく》を!」

「えっ、でも早《はや》すぎやしませんか？」

安《やす》が驚《おどろ》いたのも無理《むり》はありません。信長《のぶなが》との会見《かいけん》の予定《よてい》は3月《がつ》なのです。

「浜松《はままつ》にいてもなにも進展《しんてん》しない。だったら、この機会《きかい》に京《きょう》へ上《のぼ》り、見聞《けんぶん》を広《ひろ》め……いや、人脈《じんみゃく》を作《つく》るためにも、様々《さまざま》な人《ひと》たちと交流《こうりゅう》しようと思《おも》う」

「はあ、そうですか」

氏真《うじざね》の顔《かお》は喜々《きき》として輝《かがや》いていました。

今川家《いまがわけ》が駿府《すんぷ》で栄華《えいが》を誇《ほこ》っていたときは、京《きょう》からの客《きゃく》がよく今川館《いまがわやかた》を訪《おとず》れていましたし、館《やかた》に滞在《たいざい》した公家《くげ》たちから様々《さまざま》な文化的教育《ぶんかてききょういく》を受《う》けました。若《わか》い頃《ころ》、話《はなし》に聞《き》いてあこがれるだけだった京《きょう》へ行《い》けるとあって、逸《はや》る心《こころ》を抑《おさ》えきれないようです。

そうして、氏真《うじざね》は信長《のぶなが》に会《あ》う予定《よてい》より二か月《げつ》も早《はや》く京《きょう》へ上《のぼ》り、山科家《やましなけ》の人《ひと》たちをはじめとする京《きょう》の公家《くげ》たちと会《あ》い、交流《こうりゅう》を深《ふか》める一方《いっぽう》、清水寺《きよみずでら》や伏見稲荷《ふしみいなり》、三十三間堂《さんじゅうさんげんどう》、東福寺《とうふくじ》嵐山《あらしやま》、宇治《うじ》の平等院《びょうどういん》などの京《きょう》の名所《めいしょ》をめぐり、歌《うた》を詠《よ》みました。

名《な》に遠《とお》く　ひびく音羽《おとわ》　滝《たき》の糸《いと》
むすべば細《ほそ》き　流《なが》れなれども

（有名《ゆうめい》な清水寺《きよみずでら》の音羽《おとわ》の滝《たき》は細《ほそ》い流《なが》れだけれども、こうして縁《えん》を結《むす》ぶことができてうれしく思《おも》う）

氏真《うじざね》はあこがれの京《きょう》へ上《のぼ》ったのがうれしくてたまらず、信長《のぶなが》に会《あ》う前《まえ》になんと二百《ひゃく》五十首《しゅ》以上《いじょう》もの歌《うた》を詠《よ》んだのです。

名所《めいしょ》めぐりと歌三昧《うたざんまい》の日々《ひび》は、あっという間《ま》に過《す》ぎ――。

3月《がつ》16日《にち》、信長《のぶなが》と会見《かいけん》する日《ひ》がやってきました。

（これが信長《のぶなが》……）

信長《のぶなが》は眼光鋭《がんこうするど》く、精悍《せいかん》な顔《かお》つきをしていました。けれど、威厳《いげん》があるという点《てん》では父《ちち》・義元《よしもと》のほうが上《うえ》だと思《おも》いました。

（父上《ちちうえ》が討《う》たれたのは、運《うん》が信長《のぶなが》に味方《みかた》したのに違《ちが》いない。そして、それも武将《ぶしょう》としての器量《きりょう》ということか）

「ところで氏真殿《うじざねどの》、父《ちち》の仇《かたき》を頼《たよ》るとは、なんとも思《おも》い切《き》ったことを。しかし、俺《おれ》はそういうやつは嫌《きら》いじゃない」

どうやら、信長《のぶなが》は氏真《うじざね》が気《き》に入《い》ったようです。

「で――俺《おれ》と家康《いえやす》が駿河《するが》を取《と》ったら、そちは俺《おれ》たちになにをくれるつもりだ？」

「はっ、私《わたし》は京《きょう》の文化《ぶんか》に精通《せいつう》し、公家《くげ》の知《し》り合《あ》いも多《おお》く、様々《さまざま》な人脈《じんみゃく》があります。天下《てんか》を治《おさ》めていく中《なか》で、朝廷《ちょうてい》との付《つ》き合《あ》いは避《さ》けられません。そのときにお役《やく》に立《た》つかと」

氏真《うじざね》の言葉《ことば》に、信長《のぶなが》は閉《と》じた扇《おうぎ》で頭《あたま》を差《さ》しました。

「なるほどな、弓矢《ゆみや》ではなく氏真殿《うじざねどの》のここが武器《ぶき》になるというわけだ」

こうして、会見《かいけん》は無事《ぶじ》に済《す》み――最後《さいご》に、

「氏真殿《うじざねどの》は蹴鞠《けまり》が得意《とくい》と聞《き》く。ぜひ見《み》せてもらいたい」

と信長《のぶなが》が所望《しょもう》してきました。

(武士《ぶし》らしくない振《ふ》る舞《ま》いを見《み》て、笑《わら》おうというのか)

父《ちち》の仇《かたき》の前《まえ》で蹴鞠《けまり》を披露《ひろう》する――これは屈辱的《くつじょくてき》な行為《こうい》です。

ですが、氏真《うじざね》はこれを承知《しょうち》しました。

「わかりました。それがしの技《わざ》、とくとご覧《らん》にいれましょう」

そして、3月20日《がつはつか》、氏真《うじざね》は京《きょう》の相国寺《しょうこくじ》にて行《おこな》われた蹴鞠《けまり》の会《かい》に出席《しゅっせき》しました。

その際《さい》、氏真《うじざね》は昔《むかし》、山科言継《やましなときつぐ》からもらった鞠《まり》を使《つか》うことにしました。

(私《わたし》はこれで今川家《いまがわけ》を再興《さいこう》してみせる)

蹴鞠《けまり》を家伝《かでん》とする飛鳥井雅教《あすかいまさのり》をはじめとする公家《くげ》たちに交《ま》じり、氏真《うじざね》は鞠《まり》を蹴《け》ります。

そんな氏真《うじざね》の姿《すがた》に見物《けんぶつ》に来《き》た者《もの》たちは興味津々《きょうみしんしん》です。

「あれが今川《いまがわ》の御曹司《おんぞうし》か」

「国《くに》を滅《ほろ》ぼして、鞠《まり》を蹴《け》るか。哀《あわ》れよのう」

けれど、見《み》ているうちに皆《みな》、氏真《うじざね》の華麗《かれい》な技《わざ》に圧倒《あっとう》され――。

披露《ひろう》したのち、信長《のぶなが》は上機嫌《じょうきげん》で、

「いずれは駿河《するが》を返《かえ》してやる」

とまで口《くち》にしました。

戯《たわむ》れだろうがなんだろうが、この言葉《ことば》を引《ひ》き出《だ》したことに氏真《うじざね》は満足《まんぞく》しました。

氏真《うじざね》はその後《ご》も京《きょう》に滞在《たいざい》しましたが、4月《がつ》に入《はい》ると家康《いえやす》から浜松《はままつ》へ戻《もど》ってくるように要《よう》請《せい》があり、仕方《しかた》なく京《きょう》を出《で》ました。

武田《たけだ》との戦《いくさ》がふたたびはじまることになったので、徳川《とくがわ》の一武将《いちぶしょう》として参加《さんか》するように言《い》われたのです。

浜松《はままつ》の屋敷《やしき》に帰《かえ》った氏真《うじざね》は、安《やす》にさっそく事《こと》の次第《しだい》を報告《ほうこく》しました。

「安《やす》、これで駿河《するが》を取《と》り戻《もど》せるぞ！」

「なんと、まあ！　本当《ほんとう》ですか⁉」

「ああ、このように、弓矢《ゆみや》を取《と》らずとも国《くに》を手《て》にする方法《ほうほう》があるというわけだ」

少《すこ》し誇《ほこ》らし気《げ》にそう言《い》う夫《おっと》を見《み》て、安《やす》は微笑《ほほえ》みました。

（これが、この人《ひと》の勝《か》ち方《かた》なのね）

その後《ご》、氏真《うじざね》はあまり気乗《きの》りしない顔《かお》で戦《いくさ》に出《で》かけていきました。長篠《ながしの》での戦《いくさ》のために徳川軍《とくがわぐん》の後詰《ごづめ》をするよう命《めい》じられたのです。

（氏真様《うじざねさま》、ご武運《ぶうん》を。必《かなら》ず生《い》きて帰《かえ》ってくださいね）

武功《ぶこう》を立《た》てるに越《こ》したことはありませんが、安《やす》はただただ無事《ぶじ》に生《い》きて帰《かえ》ってほしいと願《ねが》い、出陣《しゅつじん》していく夫《おっと》を見送《みおく》ったのでした。

その後《ご》の早川殿《はやかわどの》

「長篠《ながしの》の戦《たたか》い」（天正《てんしょう》3年《ねん》／1575年《ねん》）にて徳川《とくがわ》の後詰《ごづめ》をした氏真《うじざね》は、その後《ご》も徳川《とくがわ》の一武将《いちぶしょう》として戦《いくさ》に出《で》……その年《とし》の8月《がつ》、家康《いえやす》は攻略《こうりゃく》した遠江《とおとうみ》の諏訪原城《すわはらじょう》を牧野城《まきのじょう》と改名《かいめい》し、これを氏真《うじざね》にまかせました。けれども、氏真《うじざね》はたいした働《はたら》きを見《み》せられなかったようで、天正《てんしょう》5年《ねん》（1577年《ねん》）3月《がつ》に解任《かいにん》され、浜松《はままつ》に戻《もど》されています。

氏真《うじざね》は牧野城主《まきのじょうしゅ》時代《じだい》、「仏《ほとけ》の教《おし》えを説《と》く僧《そう》と弓《ゆみ》を手《て》にした武将《ぶしょう》の自分《じぶん》が、澄《す》み切《き》った空《そら》の下《した》にともにいてもいいのだろうか」と嘆《なげ》く歌《うた》を詠《よ》んでいますので、武功《ぶこう》を立《た》てる気《き》はすっかり失《う》せていたようです。

五年後《ねんご》の天正《てんしょう》10年《ねん》（1582年《ねん》）には信長《のぶなが》が「本能寺《ほんのうじ》の変《へん》」で倒《たお》れ、天正《てんしょう》18年《ねん》（1590年《ねん》）7月《がつ》には早川殿《はやかわどの》の実家《じっか》・北条《ほうじょう》が秀吉《ひでよし》に滅《ほろ》ぼされ、母《はは》・照姫《てるひめ》が亡《な》くなり、兄《あに》・氏政《うじまさ》が自害《じがい》し……と戦国《せんごく》の動乱《どうらん》は続《つづ》き、その後《ご》、豊臣秀吉《とよとみひでよし》がようやく天下《てんか》を統一《とういつ》。

家康《いえやす》は江戸《えど》へ転封《てんぽう》を命《めい》じられ、氏真《うじざね》もついていく――かと思《おも》いきや、これを機《き》に上洛《じょうらく》し、早川殿《はやかわどの》や子《こ》どもたちも一緒《いっしょ》に京《きょう》の四条《しじょう》に住《す》んだそうです。

そして、また時代《じだい》は流《なが》れ……。徳川幕府《とくがわばくふ》の時代《じだい》になってから、氏真《うじざね》は第二代将軍《だいにだいしょうぐん》・秀忠《ひでただ》に「朝廷《ちょうてい》との交渉《こうしょう》ごとに役《やく》に立《た》つから」と自身《じしん》の息子《むすこ》たちを売《う》り込《こ》みました。

氏真《うじざね》は京《きょう》で子《こ》どもたちにあらゆる教《おし》えを叩《たた》き込《こ》み、文化面《ぶんかめん》で今川家《いまがわけ》存続《そんぞく》の道《みち》を見出《みいだ》したのです。秀忠《ひでただ》は今川家《いまがわけ》を高家旗本《こうけはたもと》に取《と》り立《た》て、今川家《いまがわけ》は江戸時代《えどじだい》も続《つづ》き、明治維新《めいじいしん》を迎《むか》えています。

晩年《ばんねん》、氏真《うじざね》は京《きょう》から江戸《えど》へ移《うつ》り、早川殿《はやかわどの》もついていきましたが……慶長《けいちょう》18年《ねん》（１６１３年《ねん》）２月《がつ》15日《にち》、夫《おっと》より先《さき》に亡《な》くなってしまいました。夫《おっと》より先《さき》に死《し》ぬのは、さぞや心残《こころのこ》りだったろうと思《おも》います。

法名《ほうみょう》は「蔵春院殿天安理性大姉《ぞうしゅんいんでんてんあんりしょうだいし》」（私《わたし》はここから安《あん》の一字《じ》をもらい、作中《さくちゅう》では「安姫《やすひめ》」としました。父《ちち》・氏康《うじやす》の〝やす〟にもかけています）。氏真《うじざね》との夫婦生活《ふうふせいかつ》はおよそ六十年《ねん》でした。

そして、氏真《うじざね》も妻《つま》のあとを追《お》うように、翌年《よくとし》の慶長《けいちょう》19年《ねん》（１６１４年《ねん》）の12月《がつ》28日《にち》に死《し》去《きょ》。七十七歳《さい》で波瀾《はらん》の人生《じんせい》に幕《まく》を閉《と》じたのです。

戦国姫《せんごくひめ》

—今川《いまがわ》・武田《たけだ》・北条《ほうじょう》三国同盟《さんごくどうめい》の姫君《ひめぎみ》たち—

年表《ねんぴょう》

1467年《ねん》	（応仁《おうにん》元年《がんねん》）	応仁《おうにん》の乱《らん》が起《お》こる。戦国時代《せんごくじだい》のはじまり
1515年《ねん》	（永正《えいしょう》12年《ねん》）	北条氏康《ほうじょううじやす》、相模《さがみ》に誕生《たんじょう》
1519年《ねん》	（永正《えいしょう》16年《ねん》）	今川義元《いまがわよしもと》、駿河《するが》に誕生《たんじょう》
		嶺松院《れいしょういん》の生母《せいぼ》・定恵院《じょうけいいん》（多恵姫《たえひめ》）甲斐《かい》に生《う》まれる
1521年《ねん》	（大永《だいえい》元年《がんねん》）	武田信玄《たけだしんげん》、甲斐《かい》に誕生《たんじょう》
1535年《ねん》	（天文《てんぶん》4年《ねん》）	早川殿《はやかわどの》の生母《せいぼ》・瑞渓院《ずいけいいん》（照姫《てるひめ》）、北条氏康《ほうじょううじやす》に嫁《とつ》ぐ
1536年《ねん》	（天文《てんぶん》5年《ねん》）	武田信玄《たけだしんげん》と三条《さんじょう》の方《かた》、結婚《けっこん》
1537年《ねん》	（天文《てんぶん》6年《ねん》）	定恵院《じょうけいいん》、今川義元《いまがわよしもと》と結婚《けっこん》。甲駿同盟成立《こうすんどうめいせいりつ》
1538年《ねん》	（天文《てんぶん》7年《ねん》）	今川氏真《いまがわうじざね》、駿河《するが》に誕生《たんじょう》
		武田義信《たけだよしのぶ》、甲斐《かい》に誕生《たんじょう》
1539年《ねん》	（天文《てんぶん》8年《ねん》）	北条氏政《ほうじょううじまさ》、相模《さがみ》に誕生《たんじょう》
1541年《ねん》	（天文《てんぶん》10年《ねん》）	武田信虎《たけだのぶとら》が甲斐《かい》を追放《ついほう》され、駿河《するが》の今川《いまがわ》に身《み》を寄《よ》せる
		武田信玄《たけだしんげん》、武田家《たけだけ》の十九代目当主《だいめとうしゅ》となる
1543年《ねん》	（天文《てんぶん》12年《ねん》）	黄梅院《おうばいいん》（梅姫《うめひめ》）、甲斐《かい》に生《う》まれる
1550年《ねん》	（天文《てんぶん》19年《ねん》）	定恵院《じょうけいいん》、死去《しきょ》
1552年《ねん》	（天文《てんぶん》21年《ねん》）	嶺松院《れいしょういん》（春姫《はるひめ》）、甲斐《かい》の武田義信《たけだよしのぶ》と結婚《けっこん》
1553年《ねん》	（天文《てんぶん》22年《ねん》）	第《だい》一次《じ》川中島《かわなかじま》の戦《たたか》い（布施《ふせ》の戦《たたか》い）
1554年《ねん》	（天文《てんぶん》23年《ねん》）	早川殿《はやかわどの》（安姫《やすひめ》）、駿河《するが》の今川氏真《いまがわうじざね》と結婚《けっこん》
		黄梅院《おうばいいん》、相模《さがみ》の北条氏政《ほうじょううじまさ》と結婚《けっこん》
		駿河《するが》、甲斐《かい》、相模《さがみ》による三国同盟成立《さんごくどうめいせいりつ》
1555年《ねん》	（天文《てんぶん》24年《ねん》）	第《だい》二次《じ》川中島《かわなかじま》の戦《たたか》い（犀川《さいがわ》の戦《たたか》い）
1560年《ねん》	（永禄《えいろく》3年《ねん》）	桶狭間《おけはざま》の戦《たたか》い。今川義元《いまがわよしもと》、織田信長《おだのぶなが》に討《う》たれる
1561年《ねん》	（永禄《えいろく》4年《ねん》）	小田原城籠城戦《おだわらじょうろうじょうせん》（北条氏《ほうじょうし》対《たい》上杉氏《うえすぎし》）
		第《だい》四次《じ》川中島《かわなかじま》の戦《たたか》い（八幡原《はちまんぱら》の戦《たたか》い）
1562年《ねん》	（永禄《えいろく》5年《ねん》）	黄梅院《おうばいいん》、北条家《ほうじょうけ》五代目《だいめ》・氏直《うじなお》を出産《しゅっさん》
1564年《ねん》	（永禄《えいろく》7年《ねん》）	第《だい》五次《じ》川中島《かわなかじま》の戦《たたか》い（塩崎《しおざき》の対陣《たいじん》）
1565年《ねん》	（永禄《えいろく》8年《ねん》）	義信《よしのぶ》の謀叛発覚《むほんはっかく》。東光寺《とうこうじ》に幽閉《ゆうへい》される
1567年《ねん》	（永禄《えいろく》10年《ねん》）	義信《よしのぶ》、自害《じがい》。嶺松院《れいしょういん》、駿河《するが》へ戻《もど》る
1568年《ねん》	（永禄《えいろく》11年《ねん》）	相甲同盟《そうこうどうめい》、破綻《はたん》。黄梅院《おうばいいん》、氏政《うじまさ》と離縁《りえん》させられる
		寿桂尼《じゅけいに》、死去《しきょ》

1569年《ねん》（永禄《えいろく》12年《ねん》）
徳川《とくがわ》、武田《たけだ》、遠江《とおとうみ》・駿河《するが》へ侵攻《しんこう》
早川殿《はやかわどの》、駿河《するが》から掛川城《かけがわじょう》へ落《お》ちる
今川滅亡《いまがわめつぼう》。早川殿《はやかわどの》、実家《じっか》の北条家《ほうじょうけ》を頼《たよ》り、小田原《おだわら》へ
黄梅院《おうばいいん》、死去《しきょ》

1570年《ねん》（元亀元年《げんきがんねん》）
早川殿《はやかわどの》、長男《ちょうなん》・範以《のりもち》を産《う》む

1571年《ねん》（元亀《げんき》2年《ねん》）
北条氏康《ほうじょううじやす》、死去《しきょ》

1572年《ねん》（元亀《げんき》3年《ねん》）
三方ヶ原《みかたがはら》の戦《たたか》い

1573年《ねん》（元亀《げんき》4年《ねん》）
武田信玄《たけだしんげん》、死去《しきょ》
信長《のぶなが》、京《きょう》より将軍《しょうぐん》・足利義昭《あしかがよしあき》を追放《ついほう》（室町幕府滅亡《むろまちばくふめつぼう》）

1575年《ねん》（天正《てんしょう》3年《ねん》）
氏真《うじざね》、京《きょう》にて織田信長《おだのぶなが》に謁見《えっけん》する
長篠《ながしの》の戦《たたか》い
氏真《うじざね》、牧野城《まきのじょう》の城主《じょうしゅ》となる

1577年《ねん》（天正《てんしょう》5年《ねん》）
氏真《うじざね》、牧野城《まきのじょう》の城主《じょうしゅ》を解任《かいにん》される

1582年《ねん》（天正《てんしょう》10年《ねん》）
武田滅亡《たけだめつぼう》
本能寺《ほんのうじ》の変《へん》。織田信長《おだのぶなが》、明智光秀《あけちみつひで》に討《う》たれる
山崎《やまざき》の戦《たたか》い。秀吉《ひでよし》が明智光秀《あけちみつひで》を破《やぶ》る

1585年《ねん》（天正《てんしょう》13年《ねん》）
秀吉《ひでよし》、四国平定《しこくへいてい》。関白《かんぱく》に就任《しゅうにん》

1590年《ねん》（天正《てんしょう》18年《ねん》）
小田原攻《おだわらぜ》め。瑞渓院《ずいけいいん》、死去《しきょ》。北条氏政《ほうじょううじまさ》、切腹《せっぷく》
北条滅亡《ほうじょうめつぼう》
秀吉《ひでよし》、天下統一《てんかとういつ》をなす
早川殿《はやかわどの》、この頃《ころ》、京《きょう》へ移《うつ》る

1598年《ねん》（慶長《けいちょう》3年《ねん》）
秀吉《ひでよし》、死去《しきょ》

1600年《ねん》（慶長《けいちょう》5年《ねん》）
関ヶ原《せきがはら》の戦《たたか》い

1603年《ねん》（慶長《けいちょう》8年《ねん》）
家康《いえやす》、江戸《えど》に幕府《ばくふ》を開《ひら》く。初代将軍《しょだいしょうぐん》に就任《しゅうにん》

1605年《ねん》（慶長《けいちょう》10年《ねん》）
家康《いえやす》、将軍職《しょうぐんしょく》を辞《じ》し、秀忠《ひでただ》が第二代将軍《だいにだいしょうぐん》に就任《しゅうにん》

1612年《ねん》（慶長《けいちょう》17年《ねん》）
早川殿《はやかわどの》、京《きょう》から江戸《えど》へ移《うつ》る

1613年《ねん》（慶長《けいちょう》18年《ねん》）
嶺松院《れいしょういん》、死去《しきょ》
早川殿《はやかわどの》、死去《しきょ》

1614年《ねん》（慶長《けいちょう》19年《ねん》）
今川氏真《いまがわうじざね》、死去《しきょ》

戦国姫《せんごくひめ》 —今川《いまがわ》・武田《たけだ》・北条《ほうじょう》 三国同盟《さんごくどうめい》の姫君《ひめぎみ》たち— 用語集《ようごしゅう》

●今川仮名目録（いまがわかなもくろく）
今川氏《いまがわし》が領国《りょうごく》を統治《とうち》するために制定《せいてい》した分国法《ぶんこくほう》（法令《ほうれい》）。

●初陣（ういじん）
初《はじ》めて戦場《せんじょう》に出《で》て戦《たたか》うこと。

●家督（かとく）
家長権《かちょうけん》のこと。基本的《きほんてき》に嫡男《ちゃくなん》が単独《たんどく》相続《そうぞく》する。日本国憲法《にほんこくけんぽう》施行後《しこうご》、この制度《せいど》は廃止《はいし》された。

●起請文（きしょうもん）
神仏《しんぶつ》にかけて誓《ちか》いを立《た》てた文書《ぶんしょ》。

●仮名（けみょう）
間《ま》に合《あ》わせの通称《つうしょう》。

●後詰（ごづめ）
戦術《せんじゅつ》の一《ひと》つ。先陣《せんじん》の後方《こうほう》に控《ひか》える軍勢《ぐんぜい》。「うしろづめ」とも。

●詩経（しきょう）
中国最古《ちゅうごくさいこ》の詩集《ししゅう》。

●正室（せいしつ）
正式《せいしき》な妻《つま》のこと。

●側室（そくしつ）
正室以外《せいしついがい》の妻《つま》のこと。戦国時代《せんごくじだい》は子孫《しそん》を残《のこ》すため多《おお》くの大名《だいみょう》が側室《そくしつ》を迎《むか》えた。

●嫡男（ちゃくなん）
後継《あとつ》ぎと定《さだ》められた男子《だんし》をさす。正室《せいしつ》の子《こ》と側室《そくしつ》の子《こ》では、正室《せいしつ》の子《こ》が優先《ゆうせん》される場合《ばあい》が多《おお》い。

●廃嫡（はいちゃく）
嫡子《ちゃくし》としての身分《みぶん》を剥奪《はくだつ》されること。

●偏諱（へんき）
貴人《きじん》の名前《なまえ》から一字《じ》もらうこと。

●室町幕府（むろまちばくふ）
1336年《ねん》～1573年《ねん》。足利尊氏《あしかがたかうじ》が京都《きょうと》で創設《そうせつ》した武家政権《ぶけせいけん》。

●守役（もりやく）
養育者《よういくしゃ》。側近《そっきん》となる家臣《かしん》。

●幽閉（ゆうへい）
人《ひと》をある場所《ばしょ》に閉《と》じ込《こ》め、外《そと》に出《だ》さないこと。

●越後国（えちごのくに）
佐渡《さど》をのぞいた現在《げんざい》の新潟県《にいがたけん》。

●尾張国（おわりのくに）
現在《げんざい》の愛知県西部《あいちけんせいぶ》。

●甲斐国（かいのくに）
現在《げんざい》の山梨県《やまなしけん》。

●相模国（さがみのくに）
現在《げんざい》の神奈川県《かながわけん》の大部分《だいぶぶん》。

●信濃国（しなののくに）
現在《げんざい》の長野県《ながのけん》。

●駿河国（するがのくに）
現在《げんざい》の静岡県中東部《しずおかけんちゅうとうぶ》。

●遠江国（とおとうみのくに）
現在《げんざい》の静岡県西部《しずおかけんせいぶ》。

●三河国（みかわのくに）
現在《げんざい》の愛知県東部《あいちけんとうぶ》。

戦国姫《せんごくひめ》 —今川《いまがわ》・武田《たけだ》・北条《ほうじょう》 三国同盟《さんごくどうめい》の姫君《ひめぎみ》たち—

参考《さんこう》文献《ぶんけん》

★「東海の戦国史—天下人を輩出した流通経済の要衝—」小和田哲男：著（ミネルヴァ書房）

★「戦国静岡の城と武将と合戦と」小和田哲男：著（静岡新聞社）

★「駿河今川氏十代　戦国大名への発展の軌跡」小和田哲男：著（戎光祥出版）

★「静岡県の歩ける城 70 選—初心者から楽しめる名将ゆかりの城跡めぐり—」加藤理文：編著（静岡新聞社）

★「今川一族の家系」大塚勲：著（羽衣出版）

★「特別展　女戦国大名寿桂尼と今川氏」島田市博物館：編集・発行

★「武田信玄　武田三代興亡記」吉田龍司：著（新紀元社）

★「北条氏政　乾坤を截破し太虚に帰す」黒田基樹：著（ミネルヴァ書房）

★「北条氏康の子供たち」黒田基樹・浅倉直美：編（宮帯出版社）

★「北條五代を支えた女性たち～小田原北條氏は平和外交を目指したのか～」石井啓文：著（夢工房）

★「今川氏年表　氏親　氏輝　義元　氏真」大石泰史：編（高志書院）

★「武田氏年表　信虎　信玄　勝頼」武田氏研究会：編（高志書院）

★「北条氏年表　宗瑞　氏綱　氏康　氏政　氏直」黒田基樹：編（高志書院）

★「その時、甲・信・越・相・駿・遠・三らは、武田三代年表帖 上巻 信虎甲斐統一～信玄の快進撃と無念の死～」ユニプラン編集部：企画・編集（ユニプラン）

★「その時家康・景勝・氏政は、そして秀吉は、武田家三代年表帖 下巻 勝頼と真田一族の顛末」ユニプラン編集部：企画・編集（ユニプラン）

あとがき　――運命《うんめい》の荒波《あらなみ》の中《なか》で知《し》った愛《あい》とは――

みなさん、こんにちは。藤咲《ふじさき》あゆなです。

「戦国姫《せんごくひめ》―今川《いまがわ》・武田《たけだ》・北条《ほうじょう》　三国同盟《さんごくどうめい》の姫君《ひめぎみ》たち―」は楽《たの》しんでいただけましたか。

群雄割拠《ぐんゆうかっきょ》の戦国時代《せんごくじだい》。武将《ぶしょう》たちは生《い》き残《のこ》るために、領国経営《りょうごくけいえい》や軍備《ぐんび》の増強《ぞうきょう》など、さまざまな策《さく》を用《もち》い、国《くに》の繁栄《はんえい》に努《つと》めました。家臣《かしん》たちとの関係強化《かんけいきょうか》や他国《たこく》との同盟《どうめい》も必要《ひつよう》なことで、そのために互《たが》いの子《こ》ども同士《どうし》を結婚《けっこん》させ、縁《えん》をつないだのです。

本書《ほんしょ》で取《と》り上《あ》げた、今川《いまがわ》、武田《たけだ》、北条《ほうじょう》が結《むす》んだ「三国同盟《さんごくどうめい》」は、それぞれの家《いえ》の嫡男《ちゃくなん》と嫡女《ちゃくじょ》――つまり、正室《せいしつ》が産《う》んだ子《こ》どもたちによる結婚《けっこん》で、それだけに家《いえ》の威信《いしん》をかけ、豪《ごう》華《か》な花嫁行列《はなよめぎょうれつ》を仕立《した》てて送《おく》り出《だ》したものでした。

それでは、それぞれの姫《ひめ》についてコメントしていきますね。


【嶺松院《れいしょういん》】

作中《さくちゅう》では春姫《はるひめ》。彼女《かのじょ》の子《こ》どもの頃《ころ》、今川《いまがわ》は栄華《えいが》を極《きわ》めていますが、その一方《いっぽう》で母《はは》を亡《な》くすという不幸《ふこう》に見舞《みま》われています。従兄《いとこ》・義信《よしのぶ》との結婚《けっこん》も不幸《ふこう》に終《お》わり、実家《じっか》も義父《ちち》・武田信玄《たけだしんげん》により滅亡《めつぼう》に追《お》い込《こ》まれ、兄《あに》・氏真《うじざね》とともに流浪《るろう》の身《み》に。

悲劇《ひげき》の波《なみ》に翻弄《ほんろう》されまくる人生《じんせい》でしたが、残念《ざんねん》ながら詳《くわ》しいことは伝《つた》わっておらず……。晩年《ばんねん》はおそらく夫《おっと》の菩提《ぼだい》を弔《とむら》いながら、静《しず》かに暮《く》らしたのだろうと思《おも》います。

【黄梅院《おうばいいん》】

作中《さくちゅう》では梅姫《うめひめ》。父《ちち》・信玄《しんげん》の裏切《うらぎ》りにより強制的《きょうせいてき》に離縁《りえん》させられ、甲斐《かい》に戻《もど》されたのち、失意《しつい》のうちに二十七歳《さい》の短《みじか》い人生《じんせい》を終《お》えた彼女《かのじょ》。

信玄《しんげん》は娘《むすめ》の死《し》を悼《いた》み、黄梅院《おうばいいん》という寺《てら》を建立《こんりゅう》しましたが、現在《げんざい》は墓碑《ぼひ》のみが残《のこ》っています。夫《おっと》・氏政《うじまさ》は父《ちち》・氏康《うじやす》の死後《しご》、「武田《たけだ》とふたたび同盟《どうめい》せよ」という遺言《ゆいごん》を受《う》け、武田《たけだ》との同盟《どうめい》を復活《ふっかつ》させたのち、亡《な》き妻《つま》の骨《ほね》を分骨《ぶんこつ》してもらい、手厚《てあつ》く葬《ほうむ》りました。

小田原駅《おだわらえき》の近《ちか》くに、小田原市指定史跡《おだわらししていしせき》の「北条氏政《ほうじょううじまさ》・氏照《うじてる》の墓所《ぼしょ》」があり、そこには黄梅院《おうばいいん》のものと伝《つた》わる墓《はか》もあります。亡《な》くなったあととはいえ、愛《あい》する夫《おっと》のそばに戻《もど》れたことは、きっとうれしかったに違《ちが》いありません。

【早川殿《はやかわどの》】

作中《さくちゅう》では安姫《やすひめ》。三国同盟《さんごくどうめい》で結《むす》ばれた夫婦《ふうふ》の中《なか》で、同盟《どうめい》の破綻後《はたんご》も離縁《りえん》しなかったのは、彼女《かのじょ》と氏真《うじざね》だけでした。

早川殿《はやかわどの》の母《はは》・瑞渓院《ずいけいいん》（作中《さくちゅう》では照姫《てるひめ》）が今川《いまがわ》の姫《ひめ》だったということも関係《かんけい》して、父《ちち》・氏康《うじやす》が強制的《きょうせいてき》に離縁《りえん》させなかったのかもしれませんが、おそらく早川殿自身《はやかわどのじしん》が離縁《りえん》を望《のぞ》まず、氏真《うじざね》のそばにいることを選《えら》んだのだと思《おも》います。

氏真《うじざね》は、父《ちち》・義元《よしもと》が築《きず》いた今川王国《いまがわおうこく》を数年《すうねん》のうちに崩壊《ほうかい》させた〝ヘタレ〟ですが、そんな夫《おっと》だからこそ、母性本能《ぼせいほんのう》をくすぐられてしまい、「この人《ひと》はわたしがいなきゃダメ」、「そばにいて支《ささ》えなくては」などと思《おも》ったのかも……？

三国同盟《さんごくどうめい》は不幸《ふこう》な結果《けっか》に終《お》わりましたが、早川殿《はやかわどの》と氏真《うじざね》の夫婦《ふうふ》が六十年近《ねんちか》くも連《つ》れ添《そ》ったことは一種《いっしゅ》の救《すく》いのように私《わたし》には感《かん》じられました。

では、このページを借《か》りて、もうひとり、戦国《せんごく》の姫《ひめ》をご紹介《しょうかい》しましょう。

【大井《おおい》の方《かた》】（1497〜1552）

甲斐《かい》の豪族《ごうぞく》・大井氏《おおいし》の姫《ひめ》。甲斐《かい》の守護《しゅご》である武田家《たけだけ》第《だい》十八代《だい》・武田信虎《たけだのぶとら》の正室《せいしつ》で、本書《ほんしょ》の主人公《しゅじんこう》たち——嶺松院《れいしょういん》や黄梅院《おうばいいん》の祖母《そぼ》に当《あ》たります。

彼女《かのじょ》は武田《たけだ》に敵対《てきたい》していた大井氏《おおいし》が武田《たけだ》と和睦《わぼく》した際《さい》、その証《あかし》として信虎《のぶとら》に嫁《とつ》ぎ、今川《いまがわ》義元《よしもと》の正室《せいしつ》となった定恵院《じょうけいいん》（作中《さくちゅう》では多恵姫《たえひめ》）、信玄《しんげん》、信繁《のぶしげ》、信廉《のぶかど》を産《う》みました。

夫《おっと》の信虎《のぶとら》が駿河《するが》へ追放《ついほう》された折《おり》は甲斐《かい》に残《のこ》り、息子《むすこ》たちのそばにいることを選《えら》んでいます。夫《おっと》とは死《し》ぬまで二度《にど》と会《あ》うことはありませんでした（信虎《のぶとら》のもとへは側室《そくしつ》が向《む》かい、駿府《すんぷ》で子《こ》をもうけています）。

大井《おおい》の方《かた》はしっかりした性格《せいかく》だったようで、天文《てんぶん》17年《ねん》（１５４８年《ねん》）の「上田原《うえだはら》の戦《たたか》い」の際《さい》には、こんな話《はなし》が残《のこ》されています。北信濃《きたしなの》に侵攻《しんこう》した信玄《しんげん》（当時《とうじ》は晴信《はるのぶ》）は、豪《ごう》族《ぞく》・村上義清《むらかみよしきよ》の攻略《こうりゃく》に大苦戦《だいくせん》。次々《つぎつぎ》と重臣《じゅうしん》が討《う》ち死《じ》にし、敗戦《はいせん》の色《いろ》が濃《こ》く漂《ただよ》いましたが、それでも信玄《しんげん》はなかなか兵《へい》を退《ひ》こうとしませんでした。困《こま》り果《は》てた重臣《じゅうしん》・駒井高白斎《こまいこうはくさい》は考《かんが》えた末《すえ》、「御館様《おやかたさま》にただひとり、意見《いけん》を言《い》える方《かた》がいる」ことに気《き》づき、撤退《てったい》を進言《しんげん》するよう願《ねが》い出《で》ました。それが母《はは》・大井《おおい》の方《かた》だったのです。

「戦《いくさ》は引《ひ》き際《ぎわ》が肝心《かんじん》」だとわかっていた彼女《かのじょ》は、すぐに息子《むすこ》のもとに使者《ししゃ》を走《はし》らせ……その後《ご》、信玄《しんげん》はようやく撤退《てったい》を決《き》めました。

なお、三男《なん》の信廉《のぶかど》は絵《え》の才能《さいのう》があり、両親《りょうしん》――信虎《のぶとら》と大井《おおい》の方《かた》の肖像画《しょうぞうが》を描《えが》いています。どちらも国《くに》の重要文化財《じゅうようぶんかざい》に指定《してい》されており、現代《げんだい》でも私《わたし》たちは彼女《かのじょ》の人柄《ひとがら》をその画《え》から偲《しの》ぶことができます。


さて、ここまでお読《よ》みいただき、ありがとうございました！

今回《こんかい》の三国同盟《さんごくどうめい》の姫君《ひめぎみ》たちは皆《みな》、〝政略《せいりゃく》の駒《こま》〟にされたという印象《いんしょう》が強《つよ》いですが、それでも、それぞれ愛《あい》し愛《あい》され、短《みじか》いながらもしあわせな時間《じかん》を味《あじ》わったこともあったのだと私《わたし》は信《しん》じています。

あなたは三者三様《さんしゃさんよう》の人生《じんせい》を、どのように感《かん》じ取《と》りましたか？

いつかまた、名《な》もなき姫《ひめ》たちの物語《ものがたり》を書《か》けることを願《ねが》いつつ――。

平成最後《へいせいさいご》の夏《なつ》に記《しる》す　藤咲《ふじさき》あゆな

集英社みらい文庫

戦国姫《せんごくひめ》

—今川《いまがわ》・武田《たけだ》・北条《ほうじょう》　三国同盟《さんごくどうめい》の姫君《ひめぎみ》たち—

藤咲《ふじさき》あゆな　作

マルイノ　絵

ファンレターのあて先
〒101-8050　東京都千代田区一ツ橋2-5-10　集英社みらい文庫編集部
いただいたお便りは編集部から先生におわたしいたします。

2018年10月31日　第1刷発行
2020年10月12日　第2刷発行

発行者　北畠輝幸
発行所　株式会社 集英社
〒101-8050　東京都千代田区一ツ橋2-5-10
電話　編集部 03-3230-6246
読者係 03-3230-6080
販売部 03-3230-6393（書店専用）
http://miraibunko.jp
装丁　小松 昇（Rise Design Room）　中島由佳理
印刷　大日本印刷株式会社　凸版印刷株式会社
製本　大日本印刷株式会社

ISBN978-4-08-321465-3　C8293　N.D.C.913　188P　18cm

ぬぁにぃ〜!!
『ざんねんないきもの事典《じてん》』
『ざんねんな偉人伝《いじんでん》』の
つぎはコレだとぅ!?

『信長《のぶなが》もビックリ!? 科学《かがく》でツ

「本能寺《ほんのうじ》の変《へん》」「中国大返《ちゅうごくおおがえ》し」「大坂《おおさか》の陣《じん》
歴史《れきし》を、科学《かがく》の視点《してん》でズバッと斬《き》った
ギュギュッと詰《つ》まった、これまでに

大注目《だいちゅうもく》★日本史《にほんし》を学《まな》ぶ
出合《であ》える、歴史《れきし》×科学《かがく》

「みらい文庫《ぶんこ》」読者《どくしゃ》のみなさんへ

言葉《ことば》を学《まな》ぶ、感性《かんせい》を磨《みが》く、創造力《そうぞうりょく》を育《はぐく》む……、読書《どくしょ》は「人間力《にんげんりょく》」を高《たか》めるために欠《か》かせません。たった一枚《いちまい》のページをめくる向《む》こう側《がわ》に、未知《みち》の世界《せかい》、ドキドキのみらいが無限《むげん》に広《ひろ》がっている。これこそが「本《ほん》」だけが持《も》っているパワーです。

学校《がっこう》の朝《あさ》の読書《どくしょ》に、休《やす》み時間《じかん》に、放課後《ほうかご》に……。いつでも、どこでも、すぐに続《つづ》きを読《よ》みたくなるような、魅力《みりょく》に溢《あふ》れる本《ほん》をたくさん揃《そろ》えていきたい。読書《どくしょ》がくれる、心《こころ》がきらきらしたり胸《むね》がきゅんとする瞬間《しゅんかん》を体験《たいけん》してほしい、楽《たの》しんでほしい。みらいの日本《にほん》、そして世界《せかい》を担《にな》うみなさんが、やがて大人《おとな》になった時《とき》、「読書《どくしょ》の魅力《みりょく》を初《はじ》めて知《し》った本《ほん》」「自分《じぶん》のおこづかいで初《はじ》めて買《か》った一冊《いっさつ》」と思《おも》い出《だ》してくれるような作品《さくひん》を一所懸命《いっしょけんめい》、大切《たいせつ》に創《つく》っていきたい。

そんないっぱいの想《おも》いを込《こ》めながら、作家《さっか》の先生方《せんせいがた》と一緒《いっしょ》に、私《わたし》たちは素敵《すてき》な本作《ほんづく》りを続《つづ》けていきます。「みらい文庫《ぶんこ》」は、無限《むげん》の宇宙《うちゅう》に浮《う》かぶ星《ほし》のように、夢《ゆめ》をたたえ輝《かがや》きながら、次々《つぎつぎ》と新《あたら》しく生《う》まれ続《つづ》けます。

本《ほん》を持《も》つ、その手《て》の中《なか》に、ドキドキするみらい――。

本《ほん》の宇宙《うちゅう》から、自分《じぶん》だけの健《すこ》やかな空想力《くうそうりょく》を育《そだ》て、〝みらいの星《ほし》〟をたくさん見《み》つけてください。

そして、大切《たいせつ》なこと、大切《たいせつ》な人《ひと》をきちんと守《まも》る、強《つよ》くて、やさしい大人《おとな》になってくれることを心《こころ》から願《ねが》っています。

2011年《ねん》　春《はる》

集英社《しゅうえいしゃ》みらい文庫編集部《ぶんこへんしゅうぶ》